紅樓夢小人物 II

微塵眾

蔣勳

夢紅樓系列

我喜歡《金剛經》說的「微塵眾」，
多到像塵沙微粒一樣的眾生，
在六道中流轉。

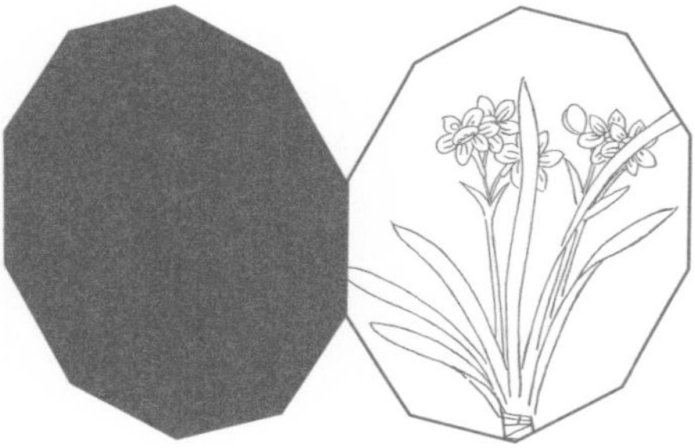

目次

自序——

微塵沙數，都有未完的故事

丫頭們的「花塚」

在第二輯的《紅樓夢小人物》裡，談了好幾位丫頭。有我最尊敬的公正寬容的平兒；有我最心疼的天真單純的金釧；有我剛開始不容易十分了解，後來越讀越覺得動人心魂的晴雯；有大方氣派、嚴詞拒絕好色老爺糾纏霸佔的鴛鴦；有從唱戲轉為丫頭的藕官，她（他）在舞台上一直演男角，愛上戲台上的女性角色，假戲真做，回不到現實，仍然追求愛戀著女子，她是《紅樓夢》裡深情的「女同志」；還有漂亮調皮的芳官，像個小男孩，寶玉也喜歡讓她男裝打扮；還有廚娘的女兒柳五兒，丫頭還沒做成，卻捲進竊盜官司裡，身體病弱，令人同情悲憫。

《紅樓夢》裡有好多丫頭，她們在整部小說中佔據的分量，被作者描述的用心程度，都絲毫不遜色於主要的貴族小姐們。

小說開始，賈寶玉十三歲，喝了酒，在秦可卿臥房睡了，做了一個夢，到了「太虛幻境」，看到好多大櫥櫃，上面都有封條。有一個櫥櫃上標記著「金陵十二釵正冊」，警幻仙姑跟他說，櫥櫃裡是他們家族女子命運的帳冊。小男孩好奇，想知道自己姊姊妹妹們的命運。

帳冊分「正冊」、「副冊」、「又副冊」；「正冊」裡記的是小姐們，如賈元春、迎春、探春、惜春姊妹，如林黛玉、薛寶釵、史湘雲、妙玉、王熙鳳、李紈、秦可卿、巧姐，也就是一般人說的十二金釵。

「副冊」裡記的是妾，像薛蟠的妾香菱，就在副冊裡。

賈寶玉第一本翻開的，不是正冊，不是副冊，而是「又副冊」。「又副冊」正是最低卑的丫頭們的命運帳冊。

「又副冊」裡，他看的第一個判詞是：「霽月難逢，彩雲易散。心比天高，身為下賤。風流靈巧招人怨。壽夭多因誹謗生，多情公子空牽念。」這是晴雯的判詞，是賈寶玉最親近、最縱容、也最疼惜的貼身丫頭。

晴雯在小說裡的故事很多，有嬌縱任性的「撕扇」，也有義氣肝膽、士為知己者死的「補裘」。晴雯性格頑皮慧黠，冬天的大雪夜晚，她穿著內衣，就跑出門外去嚇唬麝月，結果招了風寒，病中勞力勞心為寶玉「補裘」，釀成重病。晴雯最後被王夫人從病床上拉起，看她頭髮不整，就斷定是「狐媚子」，會帶壞少爺，立刻趕出賈府。晴雯最後鬱鬱死於家中，淒傷哀惋，賈寶玉在她臨終時趕去看她，她咬斷兩根養到數寸長的指甲，放到男孩手心，交換內衣，生死訣別，寫得極動人。

晴雯故事的分量，比小姐賈迎春、惜春都更重要，使人心痛疼惜。作者心中眷戀不捨，在小說裡佔據的篇幅，也不下於賈元春或妙玉。

用主人、奴僕的高下，排列品評《紅樓夢》角色的重要性，可能是對《紅樓夢》極大的誤解。《紅樓夢》作者其實大大顛覆了他自己時代的階級觀念，他細細描述一生遇到的許多少女，一起長大，一起度過荒唐又美麗的青春，一起喜悅，一起憂傷，一起分享心事、分擔心事。她們雖然「身為下賤」，也都像是前世的知己，也都有「心比天高」的生命尊嚴。她們彷彿重來人間，要了彼此的因果，各人還各人該還的眼淚。

這些丫頭，多半是因為家裡窮，被賣出來。像襲人，就是從小簽了賣身契賣到賈府。襲人原來服侍賈母，後來賈母心疼孫子寶玉，就把訓練得最可靠穩重的襲人撥到寶玉房裡照顧。

賈母自己身邊最得力的丫頭是鴛鴦，如果細心看鴛鴦這角色，就知道她扮演的是賈母的特別助理兼機要秘書兼特別看護，是個多重重要的角色。

鴛鴦不是買來的奴才，她的爸爸金彩就是賈府老僕人，在南方看房子，哥哥金文翔和嫂嫂也都在賈府做傭人，算是「家生子」的奴僕，地位很低卑。

鴛鴦經過賈母調教，平日不言不語，安靜守分，但只要賈母提及一件事，或想起一件東西，鴛鴦可以即刻回答，東西放在哪裡，事情如何處理，她都一清二楚。

甚至連賈母玩牌，都要鴛鴦在一旁幫忙，洗牌、收錢都是她負責。賈母要和牌了，缺一張「二餅」，她就打暗號，讓其他三家故意放炮給賈母，讓老人家開心。

像鴛鴦這樣忠心耿耿、不跋扈、不張揚、又聰明伶俐的助理秘書，相信今天政府公部門或企業主管，也都覺得是難得一見的好幫手吧。

然而，這些貌美、聰慧、能幹、青春的少女，到了十五、六歲，除了侍奉主子，她們自己都將面對著什麼樣的未來，有什麼樣的結局下場呢？

作者寫到鴛鴦，一個服侍賈母、從不為自己前途打算計較的少女，有一天被好色的老爺賈赦看上了。

賈赦是賈母的兒子，兒子看上老媽的年輕女傭，要老婆邢夫人出面討來做小老婆，鬧了一場風波。賈母當然不高興，指責兒子說，官不好好做，左一個小老婆，右一個小老婆，年紀又大了，娶回來擱在房理，平白耽誤少女青春。

賈母的話聽了令人心痛，不知當時有多少清白少女，就這樣被好色霸道的老爺糟蹋了。

鴛鴦對這件事反應強烈，當著賈母和眾人面前哭訴，拿出剪刀就要斷髮，發誓侍奉賈母歸了西，自己一輩子不嫁人，或死，或做尼姑去。

鴛鴦這樣做，當然也是給老爺難看。賈赦有權有勢，礙於母親情面，一時要不到手，但仍然放話說，她終究逃不出我的掌心。

是的，一個世代地位卑微的奴婢，能逃得出霸道殘酷主人的掌心嗎？

晴雯、鴛鴦、平兒，還有跳井自殺的金釧，被人口販子拐賣的香菱，廚娘的病弱女兒柳五兒……一個一個故事讀下去，恍然覺得《紅樓夢》的「葬花」，講的並不只是林黛玉的「儂今葬花」，講的不只是貴族小姐，竟然是所有少女共同的預知死亡記事，是一座大觀園裡曾經擁有美麗青春的少女生命的飄零消亡。

作者為她們立了墳塚，為她們細細撰寫令人椎心刺骨的碑記。

在〈不了情暫撮土為香〉這一回，賈寶玉不參加王熙鳳的壽宴，帶著焙茗溜出家門，快馬出城，他說要找一個冷清的地方。到了荒郊野外，他要香，要香爐。讀者於是想：寶玉是要祭奠什麼人吧？

然而寶玉不說，作者也不說。整整一回，不知道這個十幾歲的少年，為何滿眼淚水，為何看著水仙庵的洛神像落淚？最後香爐放在寺院井臺上，細心的讀者或許才意識到，不久前有一個剛投「井」自殺的丫頭，但作者始終沒說出這丫頭名字。

這一天是這投井自殺丫頭的生日。沒有人會記得一個微小如塵土的眾生的死亡和祭日，然而《紅樓夢》的作者記得，他讓賈寶玉有意避開熱鬧繁華的王熙鳳壽宴，他要誠心在孤獨的「花塚」前燃一炷香，為所有受苦死去的女子靜默祝禱。

關於趙國基

心裡惦記著《紅樓夢》裡多如繁星微塵般的眾生，像恆河沙數，無量、無邊、無盡，潮來潮去，翻滾浮沉，一個浪花，一個漩渦，就消逝得無蹤無影。有一天忽然想到一個微不足道的小人物——趙國基，就隨意問了幾個愛讀《紅樓夢》的朋友：「記得趙國基嗎？」

「趙國基？有這個人嗎？」

是的，有「趙國基」這個人，他出現在第五十五回，作者提到他，是因為他死了。一出場就死了，好像沒有故事了，所以大家不容易記得他。然而，微塵眾生，流浪生死，故事都沒有完。水面蜉蝣孑孓，都沒有結束。一株草、一塊石頭，有想、無想，也都沒有結束。一個浪花，使無數恆河沙聚、散、漂流，好像是結局，也並不是結局。後面還有更多波浪漩渦，微塵沙數，似乎灰飛煙滅，但是都還在，也都還有未完的故事。

趙國基是榮國府世代的奴僕，書裡叫「家生子」。「家生子」是家裡世代奴才，長到二十歲上下，由主人作主，男女配對，生下兒女，也都繼續在家裡做奴僕。女的做丫頭、做廚役，管理灑掃雜事；男的做書僮、車伕、門房、隨扈。「家生子」地位很低，比外頭買來的奴僕還要低。

第五十五回裡，趙國基死了。因為王熙鳳生病，無法管事，管家吳新登的媳婦就向代理的李紈報告：趙國基死了，要發多少喪葬費？

代理管事的李紈像個新任總經理，碰到吳新登老婆這樣厲害的老員工，一時也傻住。李紈想起前一陣子襲人母親死亡，發了四十兩喪葬費，就決定趙國基的喪葬費也照辦，發四十兩。

這當然是小事，賈府每天這樣的小事成千上百，也不會有人計較。吳家媳婦領了「對牌」，就要去支領銀子。

李紈柔弱退讓，頭腦也糊塗。她代理總經理管事，賈母、王夫人都不放心，這麼大的家業，這麼多的人口，比今天一個中小企業還大，人事管理也還要更複雜。賈母、王夫人像退休的董事長，雖然退休了，卻不放心，知道李紈管不住，就另外派了才十四歲的三小姐賈探春協理家務。

探春年紀小，頭腦卻十分清楚，她立刻覺察到這趙國基的喪葬費有玄機。一個上軌道的企業，都有規定，也有前例。賈府的規定是，「家生子」是世代奴僕，喪葬費只有二十兩；「外頭的」如襲人，是新買來的奴僕，喪葬費是四十兩。

探春精明，立刻發現吳家這老員工存心要唬弄新管事的主人，不交代公司法規，不報告舊例前帳，一出手就要逼新主管出糗，讓管事的李紈難堪。

老員工認定李紈是糊塗好人，可以瞞混，也看不起探春，覺得不過就是個十四歲的少女，未經世面，哪裡能有作為。這吳家老婆萬萬沒有想到，探春頭腦如此精細，如此有主張魄力。

管理是一門大學問，除了客觀立法、訂定規則、建立秩序，更難的恐怕是對複雜「人性」的了解吧。

探春的精明絕不只是懂管理，她頭腦清明，了解人性有時如此卑劣，要幸災樂禍，要無事生非。因為這死了的趙國基，不是別人，正是探春自己的「親舅舅」。

趙國基大家不記得，但他有個妹妹，卻在《紅樓夢》裡無人不知，就是三不五時惹是生非的趙姨娘。

吳家媳婦當然清楚這些人脈關係，藉著趙國基的死，給探春出難題，看這位「新協理」會不會營私舞弊，袒護親人。

趙姨娘在五十五回大鬧探春辦公室，是《紅樓夢》精采的一段。她在大庭廣眾下一把鼻涕一把眼淚，要女兒「拉扯」她，又埋怨探春管事掌權了，就作賤自己的親娘、親舅舅，苛扣喪葬費。

探春了不起，她堅持對事不對人。趙姨娘繼續鬧下去，探春就講了實話：「誰是我舅舅？」探春質問：既是舅舅，為什麼外甥賈環出門，趙國基要站起來？賈環上學，趙國基要跟在後面？

探春毫不留情，指出這趙國基就是門房、隨扈，是世代「家生子」的奴才，賈環是少爺，不會認這「舅舅」。她接著嚴厲反問：「為什麼不拿出舅舅的款來？」

探春一上任管事碰到的難題，會不會仍然是今天華人社會管理上的難題？不依循客觀法治，糾纏著複雜的人事關係，「母親」、「舅舅」都到辦公室來要好處，公領域和私領域劃分不清楚，接下來，就還有更多天羅地網的倫理關係撲天蓋地而來。新的當政者上任，人事關係就搞不完，更別想有任何改革建樹。

趙國基的相貌樣子，常常在我腦海盤旋，但沒有任何一本《紅樓夢》插圖找得到趙國基。然而，趙國基在任何一個社會都不難看到吧。在豪宅大樓警衛室一角的管理員，在街道上清晨掃地的清潔工，在學校裡替大學生吸塵擦桌子的阿伯，在中央研究院的老年工友，頭髮花白，看到年輕博士畢恭畢敬，彎腰行禮；像趙國基，一看到少爺賈環出門，立刻站起來，打躬哈腰，尾隨在後面。

年輕的探春掌權，她秉公執法，但是她當然還無法思考趙國基的一生，一個世代「家生子」的卑賤奴隸，即使不叫他「舅舅」，探春身上也還是流著和他同一家族的血緣啊。

三百年前，探春單純只是想擺脫讓她難堪的家族糾纏！

我心痛探春說的一句話：「我但凡是男人，可以出得去，我必早走了！」

探春是三百年前要跟家庭倫理切斷關係的青年人，但她是女性，還是走不出家族的悲劇。我們也很難要求探春，在那個封建時代，她無法從更大格局來思考社會的不公不義，也無法對趙國基這一角色有更全面、更超然的思考與關照吧。

趙國基其實也可能是我們自己，貧富、階級、尊卑、榮辱，我們在許多因果裡生活著，一世一世，扮演不同的自己。趙國基被寫到了，或許不是為了要爭那四十兩銀子，而是讓讀者看到：《紅樓夢》的繁華富貴裡，有趙國基這個人，他存在過，但是卑微如同塵土。他每天看到少爺賈環來了，恭敬地站起來，少爺走過去，正眼也不看他一下，像大學青年看不見課室的清潔工一樣吧。

探春夢想著做自己，不受家族牽連的自己，獨立自主的自己，純粹的自己。《紅樓夢》裡思索著：我們可以做真實的自己嗎？還是我們只是在「扮演」自己？

「扮演」久了，忘了還有一個真實的自己存在，把「假」（賈）當成了「真」。

《紅樓夢》書裡一直有兩個「寶玉」：「賈（假）寶玉」、「甄（真）寶玉」，假做真時真亦假，作者帶著讀者一路尋找、探索、思維「真」、「假」兩個自己。

梨香院的齡官

讀《紅樓夢》，我一直惦記著梨香院十幾個唱戲的女孩兒。她們出現在第十八回，賈府要迎接嫁進皇宮的女兒賈元春回家省親。元妃回家非同小可，賈府傾全力蓋了省親別墅「大觀園」。

為了娘娘回來時要祭祖拜神佛，便修建寺廟，請妙玉住持，又買了十二名小道姑、十二名小尼姑，隨時等候開壇、誦經、作醮。

元妃回家要辦筵宴、遊園，要娛樂看戲，當然不能隨便請外面閒雜戲班，就派賈薔到江南採買了十二名女孩，找了戲曲教習，置辦道具行頭，成立了賈府的私人劇團。

賈薔下姑蘇聘請教習，採買女孩子，置辦樂器、行頭等事，出現在《紅樓夢》第十六回，還提到這些花費大約是三萬兩銀子，不必從家裡帶去，因為江南甄家還存放著五萬兩。

第十八回，元春回家省親，戲班已經成立，元春就點了四齣戲：「豪宴」、「乞巧」、「仙緣」、「離魂」。

元春看戲，特別賞識唱小旦的齡官，不但賞賜禮物，又要齡官隨意選兩齣唱。戲班班主賈薔希望齡官唱「遊園」、「驚夢」，或許是當時通俗討好的劇目吧，齡官卻執意不從，認為不是她自己本角的戲，不想敷衍權貴，糟蹋自己專業，就堅持唱「相約」、「相罵」。

戲班裡第一個嶄露頭角的人物就是這齡官，極有個性，後來就與班主賈薔相戀。

純由少女組成的戲班，根本也無機會認識其他男性。賈薔十七、八歲，相貌極美，對齡官百依百順，柔情繾綣。讀者都記得第三十回，齡官蹲在薔薇花架下寫著一個一個「薔」字的痴情美麗畫面，然而賈薔與齡官最動人的一段故事，應該在第三十六回。

第三十六回，寶玉想聽《牡丹亭》，就閒逛到梨香院找齡官。齡官躺在床上，正眼也不瞧寶玉。寶玉央求她起來唱一段「裊晴絲」，齡官避開寶玉，冷著臉說：「嗓子啞了。」又說連皇妃娘娘前日傳旨進宮唱戲，她都沒去。

寶玉從小受眾人寵愛，沒有人這樣冷落過他，「訕訕的紅了臉」，有點尷尬。寶官安慰寶玉說：「只略等一等，薔二爺來了，叫她唱，是必唱的。」

一會兒，賈薔回來了，手裡提著鳥籠，興沖沖找齡官看，說是花了一兩八錢銀子，買了一隻「玉頂金豆」，可以「御旗串戲」。

一隻鳥雀在鳥籠裡啣旗串戲，所有戲班女孩都圍攏來看，拍手稱奇。可是齡官卻冷笑兩聲，賭氣睡覺。賈薔花大錢搞了這鳥雀來，是為了齡官開心，因此追問她「好不好」？齡官卻說了一句讓人心痛的話：「你們家把好好的人弄了來，關在這牢坑裡，學這勞什子還不算，你這會子又弄個雀兒來，也幹這個浪事。你分明弄了來打趣形容我們，還問我好不好！」

一個十一、二歲的女孩兒，家窮，賣到戲班，唱得出色，受皇室賞賜，班主如此疼她、寵她，可是她還是不快樂。她在戲台上唱戲，好像光鮮亮麗，然而又不像是自己。她指責賈府，買這些女孩來學戲，說是「牢坑」；她也指責賈薔，還搞一隻鳥來學戲，分明侮辱她們。

齡官不快樂，或許她自己也不清楚為什麼不快樂。青春憂鬱，不能解開的心事，讓她看著鳥籠裡的鳥，彷彿看到被囚禁的不快樂的自己。

賈薔難過，好意要逗愛人開心，被誤解了，但是他心疼齡官，只怪自己不夠細心，即刻就打開鳥籠，把鳥放生，把籠子拆了，說給齡官免免病災。

齡官還是哭，說自己「今兒咳嗽出兩口血來」。賈薔急著就要去找醫生，齡官又叫：「站住！這會子大毒日頭地下，你賭氣子去請了來，我也不瞧。」

戀愛過的人，看這一段都有所感吧，兩個人在小事情上糾纏、鬧彆扭，沒有道理可講。《紅樓夢》只是回憶著生命裡的許多往事，啼笑皆非，悲欣交集。

原來要找齡官唱「裊晴絲」的賈寶玉呆住了，他前幾天才說：「趁你們都在眼前，我就死了。再能夠你們哭我的眼淚，流成大河，把我的屍首漂起來，送到那鴉雀不到的幽僻去處，隨風化了……」

這一天在梨香院，看齡官、賈薔糾纏繾綣，賈寶玉重新領悟：不過各人得各人的眼淚吧！

華人儒家傳統，都喜歡把「死亡」搞到悲壯聳動，鬼哭神號。基督教文化的「死亡」，也常誇張成肉身酷刑「殉道」。《紅樓夢》是少有的一本書，提醒各人有各人的因果，個人的不快樂，不一定與偉大的國家社會、偉大的宗教信仰有關。愛與死亡，都是個人的事，都可以安分平靜，不過是：各人得各人的眼淚而已。

齡官沒有多久就病故了，她活著不快樂，或許死亡是最好的解脫，只是賈薔獨自傷心吧。

《紅樓夢》到第五十四回，賈府聚會，戲班演出，芳官唱了《牡丹亭》的「尋夢」，已經沒有齡官蹤影。

到了第五十八回，戲班發生了變動。皇室一位老太妃薨逝，朝廷頒令全國守喪，不可飲宴娛樂。許多官員親王都因此解除了家中的戲班，以免惹事。賈家本來也不常看戲，趁此機會，就決定把養在梨香院的十二個女孩全都遣散。

戲班解散，教習好打發，這些個十幾歲的女孩卻不好處理。雖然是買來的，遣散時也寬厚對待，只要願意回家，無條件讓父母領回，還發遣散費。但是倒有一大半少女不願意走，因為家裡窮，回去還是難逃被轉賣的命運，賣到富人家、賣到妓院，未必有更好的前途。賈府沒辦法，最後只好通融，把不願離去的戲班女孩分到各房去做丫頭。

她們也是微塵眾生，像齡官說的，在「牢坑」多年，在戲台上扮演一個假的「自己」，演久了，就認了舞台上的「自己」，無法再回來做原本的「自己」。

《紅樓夢》藉著藕官的故事，又一次辯證「真」、「假」兩個自己的矛盾。

藕官—菂官—蕊官—女同性戀者的「自己」

第五十八回，寶玉在花園逛，春末夏初時節，杏樹濃蔭裡結著一顆一顆杏子，寶玉忽然見到山石背後一片火光沖天，接著就聽到一個婆子厲聲喝罵：「藕官，你要死了，怎弄些紙錢進來燒？」

轉過樹蔭，寶玉看到一個婆子惡狠狠地拉著藕官，要去報告管事的人，藕官私自在花園裡燒紙錢。

藕官原來是戲班的小生，反串唱男性角色，唱腔、動作都必須男性化，心理狀態也必須男性化。在戲台上跟唱小旦的菂官長期演對手戲，談情說愛，藕官演久了，這個十幾歲的少女，舞台上的「自己」便成了真實的「自己」。在舞台上，藕官愛菂官，兩情相悅，體貼纏綿，無微不至。下了舞台，她（他）轉換不過來，他（她）還是對菂官體貼入微，繾綣纏綿。戲班裡的孩子看在眼裡，也都知道，就把她們當一對愛侶夫妻。

後來菂官死了，藕官傷心，每到忌日，她都要燒紙錢祭奠菂官，情深義重。

這一次在大觀園裡燒紙錢，被婆子逮到，如果報告上去，藕官一定被嚴厲懲罰，也會被趕出賈家。幸好遇到賈寶玉，這個十幾歲的男孩，總是護著這些微塵般的少女。寶玉攔住婆子，說藕官不是在燒紙錢，是黛玉命令她來花園燒不要的詩稿。婆子眼尖，從灰燼裡抓出沒燒完的紙錢。寶玉無奈，只好編了謊話，說是他要藕官燒紙錢除穢，不能讓外人知道，知道就無效了。寶玉把半信半疑的婆子瞞混過去，才救了藕官。

他問藕官，為誰燒紙錢？若為父母，可以告訴他，找人到外面燒。在花園燒，觸犯主人忌諱。藕官滿眼淚水，不肯說為誰燒紙錢，心中祭奠誰。

私密不可告人的「愛」，如此傷痛。藕官跟寶玉說，你去問芳官吧！

藕官的同性戀愛情，到二十一世紀的今天，可以坦然說出了嗎？藕官心中對死去愛侶的紀念，今天可以被了解嗎？

寶玉後來問了芳官，芳官嘆口氣，也覺得藕官胡鬧，戲台上戲台下分不清楚。以前跟菂官演戲，愛上菂官；菂官死了，補了蕊官，跟蕊官演對手戲，他（她）又愛上了蕊官。

芳官也質問藕官，這樣不是喜新厭舊嗎？藕官坦然回答：因為菂官死了，她可以有新的愛侶，卻不會忘記舊日恩情，每到祭日也還是誠心祭奠。

賈寶玉又聽呆了，她要芳官轉告藕官，以後不可在花園燒紙錢，心中有誠意，燒一炷香就可以，對方也就知道了。

寶玉是十幾歲的少年，他對於任何人的真情，都無是非褒貶。三百年前，他好像比我們今日的大人們更能包容「多元成家」。

教書時認識很多女性同性戀學生，她們看邱妙津的《蒙馬特遺書》，一個現代台灣社會女同性戀者慘烈悲傷的故事。然而，或許她們不知道，三百年前，也有《紅樓夢》這本書，為女性同性間的愛情書寫出了安靜而寬闊的祝福。

《紅樓夢》的現代性，或許要到了二十一世紀，才慢慢被青年發現吧。「現代」或許沒有那麼難懂，對人性的關懷，對最微不足道的生命的觀照，在她們受苦孤獨時多給一點溫暖安慰。如同寶玉，燒一炷香，香煙裊裊，就是無量、無邊、無盡的微塵眾生，一時都有了緣分吧。

二〇一四年四月廿八日於清邁屏河岸曼陀羅民宿

五月五日立夏改寫

紅樓夢小人物

II

微塵眾

一

黃金鶯

寶玉説汗巾子是大紅的，鶯兒就回答：「大紅的須是黑絡子才好看。」
鶯兒教導寶玉的色彩觀念，也許是華人色彩運用重要的一課。
鶯兒如果生在今日西方，一定是名牌服飾界最搶手的名設計師了。

《紅樓夢》裡我喜歡一個不太受人注意的丫頭——黃金鶯。她是薛寶釵的丫頭，寶釵精明內斂，處世圓融，她一手調教的丫頭，也處處顯露能幹大方的氣度。

在小說裡，平常大家都跟著寶釵叫這個丫頭鶯兒。一直到第三十五回，寶玉捱了父親毒打，養傷期間，閒來無事，就常跟丫頭們廝混，他因禍得福，更多了機會認識身邊一些出身貧寒卻才華品貌出眾的少女。他也才第一次近距離接觸鶯兒，知道鶯兒原來姓黃，本名黃金鶯。

第三十五回，襲人帶了鶯兒到怡紅院，幫忙替寶玉打幾條絡子。絡子，我們今天不太用了，今日通俗的說法也就是中國結。用不同粗細、不同色彩的線，編織設計出不同的形式花樣，用來編結玉珮、扇柄、荷包、香囊，或者就垂掛在腰帶上做裝飾。這種絡子，在古代，特別是富貴人家，用得特別多。一般女性，無論小姐、丫頭，常常就要忙著做這些手工，鶯兒就是《紅樓夢》裡編結絡子一等一的高手。

寶玉養傷，閒著無聊，就要鶯兒來打幾條絡子。寶玉是少爺，顯然對女性編結手工不甚了解，他就隨意說：「替我打幾根絡子。」鶯兒問：「裝什麼的絡子？」寶玉隨口又說：「不管裝什麼的，妳都每樣打幾個吧。」寶玉說了外行話，鶯兒笑了，她說：「這還了得，要這樣，十年也打不完了。」

專業有專業的堅持，鶯兒雖是丫頭，在編結絡子上她是專業，她就一步一步教會寶玉對編結絡子的知識。

鶯兒建議，先打扇子、香墜兒、汗巾子這三樣東西的絡子。這三樣都是寶玉外出時身上帶的小配件：夏天用的摺扇，裝香料的香囊，還有用來繫內衣的汗巾子。這些貼身用的東西，寶玉也特別講究挑剔，這些物件上的絡子，一定也要身邊熟悉的人親手做，不交給外面的裁縫。

鶯兒建議了三項，寶玉就挑了汗巾子。寶玉繫內衣的私密汗巾子，也是他跟有情人初見面時交換的信物。他跟唱戲的蔣玉菡就交換過汗巾子，而那條北靜王送給蔣玉菡的大紅汗巾子，繫在寶玉身上，被忠順王府的人知道，認為寶玉私下勾引王爺的男寵，告了寶玉一狀，才害得寶玉被父親一頓毒打。

寶玉正在養傷，似乎還惦記著汗巾子跟蔣玉菡的關係，就要求鶯兒先打一條繫汗巾子的絡子。

鶯兒進一步就問：「汗巾子是什麼顏色？」

寶玉說：「大紅的。」

《紅樓夢》心事的呼應，常在這些細微物件上。帶著父親毒打的肉體上的痛，賈寶玉還是思念著蔣玉菡，也擔心這少年優伶是否遭受忠順王府的毒手。日思夜想，他脫口而出的「大紅汗巾子」已經不只是物件，還隱喻了多少說不出的深情。

第三十五回，表面似乎是鶯兒被邀請來打絡子，卻是作者隱喻寶玉這少年與蔣玉菡切割不斷的情愛關係。絡子是用線纏繞的「結」，張愛玲曾經說過，中國女性手工纏繞的結，都像情感的結，如西方心理學說的「Complex」，纏得很緊，很難解開，卻又希望遇到一個真正能解開的人。

《楞嚴經》的句子：「汝愛我心，我憐汝色，以是因緣，經百千劫，常在纏縛。」寶玉心中許多「纏縛」的結，好像也都是前世因果。

第三十五回接下來鶯兒與寶玉的對話，就圍繞在物件如何配色的主題了。

現代華人的色彩學大多全盤接受西方的觀念，冷色、暖色、互補色。學美術設計的人，更是以一套西方配色法做為放諸四海百世不移的範本。

第三十五回裡，鶯兒教導寶玉的色彩觀念，也許是華人色彩運用重要的一課。在極度西化的美術領域，鶯兒這一套色彩觀念，會不會是今日華人美術反省自己傳統色彩學的契機？

寶玉說汗巾子是大紅的，鶯兒就回答：「大紅的須是黑絡子才好看。」

想像一下，大紅與黑色的關係，讓人想到PRADA的配色，鶯兒好像在三百年前就完全懂了服飾名牌的配色法。

下面鶯兒與寶玉的對話，今天的美術老師可以拿來作教材。

寶玉問：「松花色配什麼？」鶯兒說：「松花配桃紅。」

這就是華人傳統的配色學，不一定是互補，而常常是對比，接近馬諦斯野獸派二十世紀初提出的現代色彩觀念。

松花綠要配明亮的桃紅，其實一直到今天，民間的廟宇彩繪，或者傳統戲曲的服飾裡，也還看得到這種配色關係。《西廂記》裡的小生，一身松花綠的袍子，但是一掀袍角，就亮出耀眼的桃紅襯裡。桃紅也是民間年節喜慶最喜歡用的色彩，桃紅不只是紅，桃紅有春日明亮的光，明度很高，因此才活潑豔麗，充滿喜氣。

寶玉也懂色彩，他聽到「松花配桃紅」，就讚美一句：「這才姣豔。」

紅綠對比是「姣豔」，容易被看到，鮮亮奪目。寶玉接著就想，如果不表現「姣豔」，不想那麼「炫」，想要低調溫和一點，要如何配色？他就接著說了一句：「再要雅淡之中帶些姣豔。」這像是頗難的美術考試了，然而都難不倒鶯兒，鶯兒很快胸有成竹地回答：「蔥綠柳黃可倒還雅致。」

「雅致」是優雅低調，含蓄內斂，不能像「姣豔」那樣扎眼。所以「蔥綠」、「柳黃」是調和色，兩種色彩裡都有不同層次的「黃」與「綠」，構成諧和的色譜。

古今中外配色的美學千變萬化，西方昂貴的服飾名牌常常靠獨特的配色法讓人驚豔，大筆大筆賺錢。鶯兒如果生在今日西方，一定是名牌服飾界最搶手的名設計師了。

《紅樓夢》在二十一世紀能給漢語文化圈帶來的無盡財富，或許還未完全被急功近利的商人發現吧。

二

人型墓碑

《紅樓夢》恰好藉著一個胡言亂語的少年大膽批判了他的時代。
他指出了「祿蠹」生命的可憐卑微，他也批判了包括自己父親在內，
整個教育把活潑生命變成人型墓碑的悲劇事實。

《紅樓夢》第三十七回，賈政因為被皇帝點了學差，八月二十日要動身去做欽差學政，為朝廷選拔人才。

賈政出差，一走可能一年半載，可以想見做兒子的寶玉有多麼興奮。這個青少年，一向懼怕父親。父親一走，沒有人拘束，他就在大觀園中「任意縱性遊蕩」，過了一段極快樂自在的生活。

《紅樓夢》作者對明清時代八股取士的社會價值極其反感，寶玉的父親賈政恰好就是這種滿腦子讀書做官的典型代表。賈寶玉給這類讀書人取了一個名稱叫「祿蠹」，「蠹」是蛀蟲，常常吃書，鑽在書裡吃一輩子，什麼事也不關心。「祿蠹」拚命吃書，又只有一個目的，就是做官。賈寶玉在那個讀書人都變成考試工具的時代，用「祿蠹」兩個字，勾畫出一批滿腦子只有功名利祿的「人型墓碑」。

《紅樓夢》對傳統「祿蠹」式的讀書人的批判嘲諷，貫穿整部小說。

小說裡任何人一勸寶玉讀考試的書，他就要大發脾氣。連他一向很尊敬的薛寶釵，有一次勸他讀一讀考試的書，他也即刻放下臉來給寶釵難堪。別人勸他讀書考試做官的話，被他稱為「混帳話」，而他與林黛玉特別要好，據他自己說：「林妹妹從來不說這些混帳話。」看來這兩個少男少女是拒絕聯考制度的時代先鋒。

《紅樓夢》對中國傳統主流——考試做官文化的顛覆批判，極其強烈。君與臣，如同主僕關係，儒家歌頌的「文死諫」、「武死戰」，也都只是考試教育八股愚民的結果。

第三十六回，寶玉跟襲人談死亡，有一段話極犀利，與一般華人思想中根深蒂固的「忠」的觀念大相逕庭。

寶玉跟襲人說：「人誰不死？只要死得好。」

死亡議題帶出了這個青少年獨特的生命價值觀，寶玉開始批判主流文化裡男性官場的「祿蠹」思想。看一看寶玉下面這段話：「那些鬚眉濁物，只知道『文死諫』、『武死戰』這二死是大丈夫的名節，便只管胡鬧起來。」

青少年時讀這一段，當然充滿疑慮困惑。我讀中學時正是台灣最威權的時代，國家發動一切教育系統，宣揚愛國主義。愛國的核心，大家心照不宣，就是「忠君」。那一時代的「君」是誰呢？大家也心照不宣。

「文死諫」、「武死戰」也就是歷朝歷代為「君王」、「國家」而死的所謂忠臣烈士嗎？也就是忠烈祠裡一個一個牌位上的名字嗎？為何賈寶玉這個青少年敢如此大膽，批判了所有歷史上的「忠臣」、「烈士」？

寶玉一向用「濁物」兩個字，批判男性主流文化裡沒有內省能力的男子。權威把持著價值觀點，透過教育，透過讀書考試，一重一重達到愚民的結果。像洗腦一般，造就一批又一批的「祿蠹」，讓這些「濁物」越來越沒有思考能力，只會抱著「文死諫」、「武死戰」的教條，愚蠢活著，也愚蠢死去。

賈寶玉這個十幾歲的青少年，口中說著一般人認為的瘋癲胡話，卻似乎切中了一個腐朽文化裡最腐爛的本質——對死亡的輕率，以及對活著生命的糟蹋。

賈寶玉說了他自己對死亡的觀點，下面這一段話，放在世界最當代的文學中，都還是最好的文字吧：

我此時若果有造化，趁你們都在眼前，我就死了。再能夠你們哭我的眼淚，流成大河，把我的屍首漂起來，送到那鴉雀不到的幽僻去處，隨風化了，自此再不托生為人，這就是我死的得時了。

這是《紅樓夢》裡我反覆讀出聲音的句子，像沙特的句子，像卡謬的句子，存在主義哲學在二十世紀思考的死亡議題，《紅樓夢》在十八世紀都思考過了。

然而這樣的語言，在《紅樓夢》的時代簡直離經叛道，即使在今天也一樣讓人不解吧。

死亡的價值關連著生命的價值，「祿蠹」的理想死亡形式是「文死諫」、「武死戰」，卻無法清晰思考「死諫」、「死戰」都可能已經是長期忠君愛國教育洗腦的結果。歷史過去了，常常會慨嘆，那樣的「君」與「國」，是值得一個個生命為他們而死的嗎？

《紅樓夢》恰好藉著一個胡言亂語的少年大膽批判了他的時代。他指出了「祿蠹」生命的可憐卑微，他也批判了包括自己父親在內，整個教育把活潑生命變成人型墓碑的悲劇事實。

賈寶玉的死亡價值如此簡單，他或許連司馬遷說的「死或重於泰山，或輕於鴻毛」的死亡態度也一併嘲笑了。他拒絕被主流價值的「偉大」綁架，他描述的死亡，一點也不偉大，一點也不悲壯。這個被許多人嘲笑為不通世務的少年，描繪自己死亡的畫面，只是能夠得到相親相近之人的眼淚，流成大河，把屍首漂到鳥雀不到的地方，隨風化了，不再托生為人。

「文死諫」、「武死戰」的偉大教育，如此被一個少年的胡言亂語鬆動瓦解了。在我受愛國忠君教育洗腦的年齡，每天要好幾次立正唱國歌，好幾次立正呼口號。每看一場電影、看一場舞蹈，也都要立正先唱國歌「愛國」一次。一個「領袖」死亡，全國一起下跪哭成一團，彷彿天崩地裂。是的，自古以來，帝王的死亡不就叫做「駕崩」嗎？在這樣的傳統教育下長大，一個青少年還會有能力拒絕做「人型墓碑」嗎？

歷史上豎立著一座一座偉大的人型墓碑，繼續教育暗示後來者的生命，都朝向人型墓碑的方式塑造自己，義無反顧。

賈寶玉渴望一種完全不同形式的死亡，不做人型墓碑，在人型墓碑如此貪戀「偉大」、「不朽」的同時，他只期望有愛人的眼淚把屍體漂起，期望隨風化了。如果「人」注定只是「墓碑」，賈寶玉很清楚知道，自己不願再托生為人了。

三

李紈

在《紅樓夢》所有花枝招展的女性中，李紈永遠是灰撲撲的。
一個長年守寡的青春女子，永遠在委屈中，不能有強烈的愛恨，不能放肆任性。
然而第三十九回，李紈忽然背叛了自己，這一天，她彷彿想好好任性一次。
讓人感覺到她還是活著的，在如冰的寒水中，還有一點肉體餘溫。

《紅樓夢》裡有一個常常出場，卻彷彿不存在的角色。她總是被人忽略，被人遺忘，沒有光亮，也沒有色彩，好像連性別都模糊了，這個人就是李紈。

李紈是賈寶玉哥哥賈珠的妻子，嫁進豪門，成為玉字輩的長媳。原來應該是舉足輕重的角色，卻一直沒有任何出色表現。李紈的父親是做官的人，觀念傳統，認為「女子無才便是德」，所以李紈出身書香世家，書卻讀得不多，父親覺得女子認識一些字，家務上幫忙記帳即可。

李紈的悲劇，不只是有這樣一位箝制女性才華的父親，她不到二十歲嫁到賈府，懷了孩子，沒多久丈夫賈珠就病死了。

熟悉古代社會對守寡女性的道德壓抑，就能夠了解李紈接下來的命運有多麼悲慘。小說開始，李紈就守寡了，帶著一個兒子賈蘭過日子。在《紅樓夢》所有花枝招展的女性中，李紈永遠是灰撲撲的。她的頭上沒有鮮豔的花，沒有珠翠頭飾。她的衣裙也似乎沒有色彩，灰、黑、褐色，總是低調到好像希望自己的存在不被發現。連她後來在大觀園住的地方也叫「稻香村」，不種花，只有五穀；沒有鳥雀，只養雞鴨。

一個正當青春的女性，丈夫死了，她也跟著死了，只是「未亡人」，帶著沒有死透的肉體活在人間，不再有青春，不再有欲望，不再有喜怒哀樂。

李紈才二十歲，然而她已經槁木死灰了。是她心甘情願如此，還是一整個豪門家族，一整個社會，壓迫著這個女性，年紀輕輕就守寡。

李紈可以和王熙鳳對比，她們是妯娌，李紈的丈夫賈珠和王熙鳳的丈夫賈璉是玉字輩的堂兄弟。王熙鳳一出場永遠明亮耀眼，一身都是豔麗的色彩，珠光寶氣。李紈剛好相反，灰沉黯淡。看《紅樓夢》看了很多次，都想不起來李紈穿戴過什麼讓人能夠記憶的服裝飾品。

一個二十歲死了丈夫的青春女性，生命已經結束。她唯一的盼望只是孩子，把孩子養大，把孩子教育好，有一天可以考試做官，做了官，這母親就可以成為「夫人」。

李紈是十二金釵之一，《紅樓夢》第五回當然也有李紈的判詞：

桃李春風結子完，到頭誰似一盆蘭。
如冰水好空相妒，枉與他人作笑談。

判詞裡「李」、「完」的諧音，賈「蘭」的名字，都嵌在裡面。一生彷彿只是為生下一個孩子而來，孩子養成了，她的工作也完成了。從青春開始，她的一生活在如冰一般的處境中，她年輕的肉體也已如冰一般寒冷。

然而，這年輕就注定要死去的肉體，還會有一點點死灰復燃的溫度嗎？

有一次看《紅樓夢》第三十九回，讀到一段有關李紈微不足道的小事，忽然震動起來。發現一部偉大文學潛藏著如此細微的人性悲憫，匆匆看過不易發覺，匆匆看過也很難立刻感覺到作者動人的隱微心思。

第三十九回，寫賈寶玉跟一群姊姊妹妹在藕香榭吃螃蟹、賞桂花、寫菊花詩。入秋的季節了，螃蟹肥美，鳳姐就命丫頭平兒來要螃蟹。螃蟹裝了一盒，平兒拿了要走，大家留她坐一會兒。平兒能幹，又是有分寸的丫頭，大概覺得主人要她來辦事，自己坐下來吃螃蟹玩鬧，好像不成體統。平兒要走，不肯坐下。

李紈忽然一反平日隨和，執意堅持要平兒留下來。她跟平兒說：「偏要妳坐。」李紈這天有點放肆，不但把平兒拉在自己身邊坐下，還端了一杯酒，送到平兒嘴邊，硬要灌她酒。

平兒不得已，李紈畢竟是主人，不好太拂逆她。平兒喝了一口，起身又要走。李紈任性起來，說了一句個性強烈的話：「偏不許妳去。顯見得妳只知有鳳丫頭，就不聽我的話了。」

一個長年守寡的青春女子，永遠在委屈中，不能有強烈的愛恨，不能放肆任性。然而第三十九回，李紈忽然背叛了自己，這一天，她彷彿想好好任性一次。

李紈的話像是在吃醋，為什麼王熙鳳有這麼得力忠心的丫頭，為什麼平兒對王熙鳳這麼好，李紈彷彿希望平兒也能對自己好一點。她吃醋了，她撒嬌了，一個從來不表現喜怒哀樂的女性，忽然讓人感覺到她還是活著的，在如冰的寒水中，還有一點肉體餘溫。

李紈命令其他人把螃蟹送去，而且傳話給王熙鳳說：「就說我留下平兒了。」李紈，終於可以放肆的李紈，讓人心痛。知道上千年來有多少像李紈這樣青春守寡的女性的悲劇，讀到這一段就特別辛酸。

作者多麼體貼李紈肉體上的荒涼，他描述了這一天李紈如何渴望著身體上的溫暖。李紈「攬」著平兒，勾肩搭背，渴望著擁抱，這不是李紈平日會有的動作。

也許是因為酒，也許是因為入秋以後身體的寂寞荒涼，李紈忽然想抓住一些什麼。

李紈不只用身體「攬」著平兒的身體，她同時像是挑逗似地對平兒說：「可惜這麼個好體面模樣兒，命卻平常。」李紈像是為平兒委屈，長得這麼好，卻只是丫頭。

李紈的惋嘆像是對平兒，又像是對自己。《紅樓夢》的作者不是對天下所有女子都「萬豔同悲」嗎？

這一段再看下去，作者委婉透露了李紈的手在平兒身上的撫摸探索。作者不是直接描寫，而是透過被李紈「攬」著的平兒忽然說了一句：「奶奶，別這麼摸得我怪癢癢的。」李紈這一天的放肆任性在這一句話裡被看到了。接下來李紈又說：「噯喲！這硬的是什麼？」一句話讓細心的讀者心領神會，李紈的手摸到平兒身上哪一處了？

平兒輕描淡寫地回答：「是鑰匙。」鑰匙一定是放在內衣貼身處的。李紈的手如此深入摸索平兒的肉體，她如此渴望體溫嗎？

兩個女性身體的親密觸覺寫到如此動人，彷彿她們的身體都有鑰匙打不開的門，緊緊閉著，門裡的肉體都已荒蕪成廢墟了。

四

賈母與劉姥姥

對看盡榮華富貴的賈母而言，劉姥姥像另外一個自己，
一個不生在史侯家，沒有嫁進賈府，而是生在貧窮農村的自己。
劉姥姥羨慕賈母大魚大肉，然而賈母只愛吃劉姥姥家野地結的瓜和菜。
賈母見劉姥姥這一天，她或許深思了「幸福」的真正涵義。

劉姥姥第一次進榮國府是在《紅樓夢》第六回。她帶著孫子板兒，誤打誤撞，見到了榮國府當家的少奶奶王熙鳳，要到了二十兩銀子，歡歡喜喜回鄉下過了一段時日。

劉姥姥第二次進榮國府是在小說第三十九回，她用麻袋裝了一些自己家裡剛採收的棗子、倭瓜、野菜，原想回謝王熙鳳，沒想到傳話時正巧鳳姐在賈母跟前，賈母聽到了，很高興地說：「我正想個積古的老人家說話兒。」

賈母出身於四大豪門家族的史侯家。史侯的千金小姐，嫁進同樣豪貴的賈府做媳婦。從做孫媳婦掌家開始，經歷超過「五十四個」寒暑，成為賈府輩分最高、身分最尊貴的老祖母，享盡一輩子榮華富貴。這位老太太，當然也看盡了一個豪門家族從創業到盛旺，又逐漸轉入衰頹的半世紀的故事。她看盡的繁華背後，常常使人感覺到說不出的悽愴。

賈母是極精明幹練的，她年輕時經歷過一個家族最興旺的時代，她又負責管家，這個富豪家族，不只是親族人口眾多，旁及管家奴婢僮僕，不下數百人。人事房舍物件管理上的複雜，官場社交的喜喪來往，銀錢收支的龐大，不會比今天管理一個企業輕鬆。

賈母與十幾歲的孫子輩玩耍遊樂，好像諸事不管，但是她偶然問起一兩件有關管理的事，還是透露了她過人的精明細心。

賈母像一位創業時代的董事長，如今退休了，正在負責管家的總經理王熙鳳已經是第三代。賈母大器，不會無緣無故跑到企業去嘮叨。她過著悠閒的退休生活，但偶爾跟現職的管理人聊天，也會猛不防問一兩件事，像是抽查，王熙鳳立刻警覺到，老祖母雖然退休了，家族的管理她還是放在心上。

第七十一回，賈母過八十大壽，官場送來的壽禮多到滿坑滿谷，賈母看了兩天就膩了。但是她忽然會輕描淡寫地問王熙鳳一句：「前兒這些人家送禮來的，共有幾家有圍屏？」王熙鳳立刻回答：「共有十六家。有十二架大的，四架小的。」又補充說，江南甄家十二屏大紅錦緞緙絲是頭等的，粵海將軍送的「玻璃炕屏」次等。賈母說，這兩架收好要送人。

這像是退休董事長的抽樣考試了，王熙鳳不會去現查禮單回報，賈母也不追問，問得高明，答得也高明，豪門貴族的分寸，全在不著意中。

精明的賈母想見劉姥姥，希望跟一個「積古」有年歲的老人家說說話，也是《紅樓夢》作者刻意安排的一場重要的會面吧。

賈母為何要見劉姥姥？今天一個豪門貴族老夫人，會有興趣見鄉下不相識的貧窮老太婆嗎？

劉姥姥第二次進賈府，丫頭們說「上回來打抽豐（打秋風）的姥姥又來了」，丫頭口中是頗不屑這窮而狡猾的老太婆的。

劉姥姥來，賈府正在吃螃蟹，劉姥姥算了一算，大概一餐螃蟹是二十兩銀子，她說：「這一頓的銀子，夠我們莊稼人過一年的了。」劉姥姥上一次在賈府要到的錢，也恰好是二十兩。

丫頭們鄙夷嘲笑「打秋風」的窮老太婆，富貴榮華的賈母卻執意要見一見。

斤斤計較考證《紅樓夢》貴族皇族族譜的「紅學家」，考證不出劉姥姥這樣一號人物，也不屑關心劉姥姥的存在，他們的「考證」多對劉姥姥隻字不提。

然而作者顯然幾次刻意安排劉姥姥進賈府，作者不只是要藉劉姥姥的眼睛帶讀者看賈府的榮華富貴吧，相反地，劉姥姥也像是一種救贖，要讓富貴榮華中的人有一種警醒，有一種省悟。

對看盡榮華富貴的賈母而言，劉姥姥像另外一個自己，一個不生在史侯家，沒有嫁進賈府，而是生在貧窮農村的自己。

究竟何謂幸福？賈母見劉姥姥這一天，她或許深思了「幸福」的真正涵義。

賈母要見劉姥姥，劉姥姥慌著要躲，她說：「我這生像兒，怎麼見得呢？」鄉下貧賤老太婆自慚形穢。她進到賈母屋裡，看不清任何細節，只是覺得「珠圍翠繞，花枝招展」，眼睛彷彿都花了。

賈母歪在榻上，一旁丫頭在捶腿。劉姥姥很會說話，第一句就是：「請老壽星安。」簡單幾個字，很有分寸，似乎知道富貴中人大概也只求長壽了吧。

賈母也欠身問好，接著就問：「老親家，妳今年多大年紀了？」

劉姥姥回答說：「我今年七十五了。」

賈母驚訝地說：「這麼大年紀了，還這麼硬朗。比我大好幾歲呢。」

《紅樓夢》的作者顯然要安排這樣一場對話，讓讀者看到兩種不同的人生，思考省悟兩種不同的「幸福」。

劉姥姥補充一句：「我們生來是受苦的人，老太太生來是享福的。」

很嘲諷的對比，因為「受苦」，要下田勞動，所以身體「硬朗」。因為「享福」，吃飽了山珍海味，就歪在床上，有丫頭捶腿，諸事不用動手。然而，這是「享福」嗎？賈母面對這個比她大好幾歲、卻身體健壯的老太婆，忽然有著劉姥姥不會懂得的「悲哀」。

賈母問劉姥姥：「眼睛牙齒還好？」劉姥姥說：「都還好。」賈母慨嘆了，她說自己「眼也花，耳也聾，記性也沒了。」

賈母說的，或許是富貴老夫人養尊處優的共同悲哀吧。她們的身體其實還沒有「老」，卻是「富貴」、「享福」讓她們提前衰老了。

賈母形容的自己，很像現代富貴人家老夫人的生活：「嚼得動的吃兩口，睏了睡一覺，悶了時，和這些孫子孫女兒們玩笑一回就完了。」

劉姥姥奉承說：「這正是老太太的福了。」

賈母回答得好：「什麼福，不過是個老廢物罷咧。」

「老廢物」三個字是多麼沉重的反省。賈母聰明，所以看到自己「享福」裡無奈的悲哀。

劉姥姥羨慕賈母大魚大肉，然而賈母只愛吃劉姥姥家野地結的瓜和菜。

賈母與劉姥姥的見面、對話，對《紅樓夢》的作者而言，一定意義非凡。撇開考證，《紅樓夢》有更重要的人生啟示要說吧。

五

櫳翠庵喝茶

雪帶著梅花蕊的香，存放在青瓷罈中，埋在地下，五年後打開，
為幾個青春知己喝一次茶。這是喝茶嗎？
還是妙玉藉著喝茶，引領青春的生命進入如此帶著梅花雪香的世界？
她的青春在寺廟中消亡，她的青春與美在佛前一一成為夢幻泡影。

第四十一回，賈母帶著劉姥姥遊大觀園，走著走著就到了妙玉修行的櫳翠庵。

櫳翠庵是大觀園裡的尼姑庵，一般人平常不太會去。尼姑庵的住持妙玉個性孤僻，一向不與人來往，櫳翠庵也就成了大觀園中一般人最不常有機會了解的一個處所。

妙玉出場是在《紅樓夢》第十七回，嫁進皇室的元春要回家省親，貴妃外出，非同小可，所以起建了豪華壯觀的省親別墅。貴妃回家要看戲，就在南方採買了十二名唱戲的女孩兒，組成戲班。貴妃回家要拜佛做醮，祭祀天地，就在花園內蓋了寺廟道觀，買了十二個小道姑、十二個小尼姑。尼姑庵需要人主持，管家林之孝就推薦了妙玉。

妙玉出身仕宦人家，讀過書，通文墨，生活極講究品味。但妙玉從小多病，家人曾買替身代她出家，來為妙玉消業除災，都沒有用，最終還是妙玉自己入了空門，帶髮修行，跟了一個師父修道。師父死了，她住在牟尼院，正巧賈府找人主持寺廟，就用請帖把妙玉請來。

妙玉是《紅樓夢》裡出場不多，卻形象鮮明的一個角色。

她還沒有出場，第五回裡賈寶玉作夢，到了太虛幻境，看到大櫃子裡一個一個女兒的命運帳冊，其中十二金釵的判詞裡就有妙玉：

欲潔何曾潔，云空未必空。
可憐金玉質，終陷淖泥中。

妙玉非常自負，有強烈潔癖。第四十一回裡，她用成窯五彩泥金蓋盅奉茶，盛了「老君眉」給賈母喝。賈母喝了一口，就遞給劉姥姥，要她嚐嚐看。劉姥姥喝了，覺得太淡，說：「再熬濃些更好了。」

妙玉從心底裡嫌棄劉姥姥的粗俗、貧窮、骯髒，稍後就命令小尼姑把成窯杯子扔了。

寶玉知道妙玉嫌杯子髒了，覺得扔了可惜，就為劉姥姥討了這杯子，說：「她賣了也可以度日。」妙玉勉強同意，還說了一句：「幸而那杯子是我沒吃過的，若是我吃過的，我就砸碎了也不能給她。」

妙玉心裡好像有許多恨，恨貧窮，恨無知，恨粗俗，恨骯髒。她恨劉姥姥，恨這樣貧賤的鄉下老太婆跑進櫳翠庵，糟蹋她珍貴的器皿、珍貴的茶。

寶玉安慰了她，在劉姥姥走後，還派人為妙玉把櫳翠庵的地都清洗一次。

一個修佛的人這麼怕髒，一個修佛的人心中有這麼多的恨，或許是妙玉的悲劇吧。這麼有潔癖的人，判詞裡卻說「欲潔何曾潔」？一個修佛的人，心裡都是是非愛恨，不能平等包容，從作者眼中看來，總覺得悲憫吧。

「云空未必空」，妙玉口中說的「空」，恰恰好是她自己做不到的吧。

許多評論《紅樓夢》的人都不喜歡妙玉，林語堂就是最典型的一個例子。他們不喜歡妙玉的作假，妙玉心中明顯暗戀著寶玉，卻表面裝作十分冷淡清高。在評論者的筆下，妙玉常被評寫為一個六根不淨的尼姑，心裡有著七情六慾，不是一個徹底的修行人。

多看幾次《紅樓夢》，卻不覺得作者討厭妙玉。作者當然知道妙玉修行不徹底，但是《紅樓夢》本身像佛經，本來就在寫人性不徹底的修行。

人世間有誰修行徹底了呢？妙玉的不徹底，與其他人物沒有那麼大的不同。評論家對她苛刻挑剔，或許還是因為她是「尼姑」吧。世俗中男性常有「尼姑思凡」的嘲諷刻薄，然而《紅樓夢》作者並不強調妙玉身上「尼姑」的標籤。

妙玉十八歲，身體多病，父母雙亡，她的帶髮修行，也只是為自己消業除災的一種無奈選擇。她像大觀園裡所有的少女一樣，有強烈的愛恨，只是在這個尼姑庵中，被貼上了尼姑的標籤。

她沒有機會認識任何男性，唯一來往的男性就是寶玉。除了寶玉，她沒有任何對象可以寄託她年輕的熱情。評論家嘲諷妙玉，《紅樓夢》作者卻對她充滿悲憫同情，文學的偉大與否，也許恰在此有了分際。

妙玉是懂得生活品味的，也透露了她從官宦家庭長大的自負高傲。第四十一回，她撇下了賈母等主要人物，單獨約了黛玉、寶釵到耳房吃「體己茶」，寶玉也跟了來。寶釵上了她的榻，黛玉坐在她的蒲團上，她如此嫌厭劉姥姥的髒汙，卻對黛玉、寶釵這些青春中的知己同伴沒有了潔癖。

妙玉拿出「𤫩瓟斝」給寶釵用，又拿犀牛角製的「點犀䀉」給黛玉用。出了家，妙玉的茶器還如此珍貴講究。她給寶玉斟茶的杯子，則是她自己日常用的「綠玉斗」。作者知道「潔癖」最終是嗅覺觸覺的自閉，妙玉如此厭惡劉姥姥用了她的成窯五彩蓋碗喝茶，然而她彷彿渴望著自己唇齒的記憶，可以藉著一隻杯子與寶玉親近。《紅樓夢》看似沒有心理分析，但細微處的人性空間是耐人尋味的。

黛玉問了一句：「這也是舊年的雨水？」雨水烹茶已經夠講究了，黛玉卻遭了妙玉白眼，妙玉說了一段有關那水的來歷：「這是五年前我在玄墓蟠香寺住著，收的梅花上的雪……」

妙玉的故事令人心痛，這樣的潔癖，這樣的堅持，這樣愛美，在梅花盛放的花瓣上收積雪，雪帶著梅花蕊的香，存放在青瓷罈中，埋在地下，五年後打開，為幾個青春知己喝一次茶。

這是喝茶嗎？還是妙玉藉著喝茶，引領青春的生命進入如此帶著梅花雪香的世界？她的青春在寺廟中消亡，她的青春與美在佛前一一成為夢幻泡影。

那一個下午，櫳翠庵的茶裡流著青春生命共同的記憶。作者在嘲諷妙玉嗎？或者她正是「都云作者痴」的「痴者」之一。覺悟了，就不是「痴」，「痴」也正是修行的不徹底。

看到自己或他人生命修行的不徹底，可能嘲笑，也可能悲憫，各人有不同的領悟。

妙玉可能是《紅樓夢》裡許多人的一面鏡子吧。

六

劉姥姥放屁怡紅院

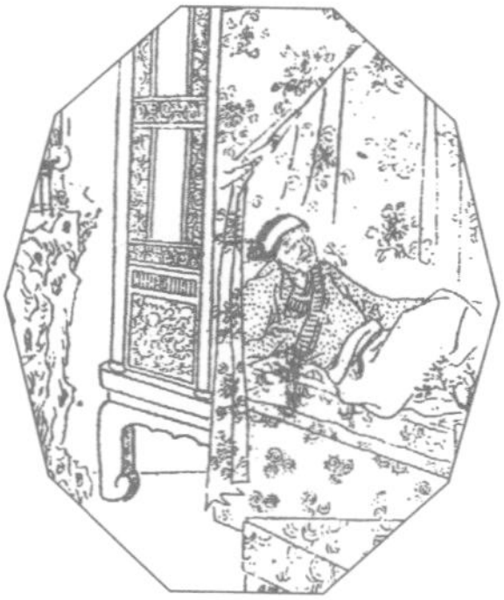

怡紅院是寶玉住的地方，怡紅院是天之驕子的院落，
然而《紅樓夢》如果是一部懺悔錄，作者正是要讓天之驕子在生命的卑微前
長跪不起吧，他的肉身原是為供養眾生而來，侮辱踐踏都是供養。

少年初讀《紅樓夢》，喜歡第四十一回劉姥姥酒醉，誤闖賈寶玉的怡紅院，在寶玉美到不行的臥房裡酣睡、放屁、打鼾。這一段寫得好玩，愛美精緻的賈寶玉，他的怡紅院簡直是人間天堂，卻被一個窮老太婆誤闖進去胡搞糟蹋一番。

《紅樓夢》寫到四十一回，寶玉的臥房從來只是旁敲側擊，沒有全面描述過。如果不是一個鄉下窮老太太誤闖進來，讀者還無法知道怡紅院裡暗藏多少嚇人的機關。

寶玉這個愛美、養尊處優的小少爺的臥房，讓粗俗卑賤的劉姥姥闖入了，作者刻意要讓寶玉的美經歷一次最可笑的侮辱作賤嗎？

《紅樓夢》像是一部佛經，賈寶玉像是來人世度化的菩薩，他的骨肉、頭、血、髓、腦，最終都要一一供養眾生吧。

不知道為什麼，這幾年看四十一回，總想到文革，想到沈從文、楊絳、程硯秋、林風眠、老舍，想到一個民族最優雅精緻的文化，如何被誤闖的人嘲笑作賤侮辱。一張宋元書法寫了大字報，一件汝窯被砸碎，一座安靜木構造的寺院被叫囂的紅衛兵拆毀當柴燒。

《紅樓夢》作者像是預言了（寓言了）一個文明最優雅精緻的美將要經歷的劫難。然而，寶玉原是為劫難而來；黛玉是來還淚的，寶玉要還的卻是頭、血、髓、腦。

寶玉的房間有講究的設計，房間裡有當時少見的西洋畫，用三度透視空間處理風景，用解剖學技法處理人物。劉姥姥以為看到了真人，跟畫裡的女孩兒講了半天話，最後用手一摸，竟然是平的，才恍然大悟是一張畫。

把《紅樓夢》當古典文學的學究，常常看不到《紅樓夢》裡有多少歐洲來的洋貨。寶玉這青少年是常喝歐洲紅葡萄酒的。他出門參加宴會，賈母拿了一件俄羅斯進口的「雀金裘」給他穿，是孔雀羽毛和金線織的進口皮裘外套。寶玉的丫頭晴雯生病了，看中醫老是不好，寶玉說索性用西藥治一治，晴雯就貼了「福朗思牙」（即法蘭西）來的「依弗哪」藥膏。

劉姥姥是鄉下人，沒有經驗過賈府當時洋化的生活。她第一次到賈府，坐著等王熙鳳，就被旁邊「咯登咯登」響的西洋鐘嚇一大跳。那大鐘不只鐘擺咯登搖晃，一到整點，還會忽然噹噹噹地響，更讓劉姥姥嚇得跳了起來，但她始終沒搞清楚那是什麼玩意兒。

劉姥姥在第四十回惹了許多笑話，她插了一頭的花，用四棱象牙鑲金筷子夾鴿子蛋，沉甸甸的筷子在碗裡亂轉，怎麼夾也夾不起來，惹得大家笑翻了。

第四十、四十一回常讓人覺得是嘲諷鄉下窮老太婆的土氣，「劉姥姥進大觀園」變成了一句俗語，嘲笑鄉下人進城沒見過世面的玩笑話。

但是《紅樓夢》多讀幾回，或許會發現作者不是在笑劉姥姥，這個鄉下窮老太婆其實精明慧黠。她在賈府住了幾天，成為賈母的上賓，賈母真心待她好，讓她逛大觀園，吃好的穿好的。王熙鳳、鴛鴦聯手促狹她，讓她出醜，可是劉姥姥彷彿知道，這些富貴人家的貴婦人、小姐、少爺生活多麼空虛貧乏，他們沒有遇到劉姥姥，不會知道生活可以這麼好玩。

賈母帶著劉姥姥逛了黛玉的瀟湘館，探春的秋爽齋，寶釵的蘅蕪院，妙玉的櫳翠庵。劉姥姥被灌多了酒，又吃了油膩的食物，肚子裡腸胃翻攪，就要解褲子大便。丫頭都覺好笑，給了她紙，要她去山石背後僻靜無人處方便。她拉了一大堆，覺得舒坦了，卻酒意懵懂，提著褲子在花園裡迷了路。

作者定然要安排劉姥姥撞進怡紅院吧，怡紅院是寶玉住的地方，怡紅院是天之驕子的院落，然而《紅樓夢》如果是一部懺悔錄，作者正是要讓天之驕子在生命的卑微前長跪不起吧，他的肉身原是為供養眾生而來，侮辱踐踏都是供養。

在櫳翠庵喝茶時，寶玉如道妙玉嫌惡劉姥姥，他向妙玉說了一句：「世法平等。」

第四十一回，有賈母的富貴榮華，也有劉姥姥的貧窮卑賤；有妙玉的潔癖自傲，也有劉姥姥裝瘋賣傻的愚癡搞笑。潔癖與骯髒，讓人想到《心經》裡大家最熟悉的句子——「不垢不淨」。

骯髒的劉姥姥進了櫳翠庵，用了妙玉的成窯五彩泥金茶碗，喝了妙玉的「老君眉」，劉姥姥像是一種顛覆，用她的骯髒卑賤，顛覆了賈府的榮華富貴。她還要進怡紅院，用她的粗俗顛覆寶玉美的執著。

劉姥姥是作者安排的「救贖」嗎？賈府抄家後，不是墮落到比劉姥姥更不堪的處境？何謂「垢」？何謂「淨」？妙玉無法領悟，還在執著於分「垢」、「淨」，所以痛苦。作者卻要更徹底地來一次顛覆，劉姥姥一離開櫳翠庵就鬧肚子，她一路讓人啼笑皆非的醜態，最後要在怡紅院放幾個大臭屁，四仰八叉躺在寶玉床上。世法平等，這是懺悔錄中作者最具深意的救贖吧。

劉姥姥誤闖怡紅院，看到一面大穿衣鏡，穿衣鏡裡是她自己。她沒有看過穿衣鏡，大片玻璃的鏡子在中國當時都從歐洲進口。劉姥姥以為鏡子裡是另外一個老太婆，滿頭插著花，樣子可笑，她就羞鏡子裡的人，嘲笑她沒見過世面。後來劉姥姥用手一摸，卻誤觸機關，穿衣鏡後開了一道隱密的門，通向寶玉的臥房。

劉姥姥眼花撩亂，又已醉得一塌糊塗，便倒在寶玉床上，錦褥繡被，她放了幾個大屁，呼呼就睡著了。等襲人進來大驚失色，趕緊叫醒劉姥姥，燒了幾把百合香驅臭。

這一段再讀還是像寓言，文革時許多人其實像劉姥姥。但是劉姥姥可愛，會在鏡子前羞自己的醜怪，文革時許多嘴臉卻沒有機會在鏡子裡羞一羞自己。

七

惜春的畫

一本小說不急著說故事，不急著交代情節，不急著表現誇大的自我，
卻慢條斯理從頭說起畫一張畫的材料技法細節，
《紅樓夢》的作者沉湎在往日的回憶裡，
沒有刻意想創作，反而使他的書寫如此豐富。

《紅樓夢》像十七、十八世紀中國的一部百科全書，裡面包羅萬象，除了讀小說，同時也留下了相關的食、衣、住、行、醫藥、玩樂、書畫、戲曲、建築、節慶等種種生活上的知識細節。

好比第四十二回，惜春奉賈母之命，繪畫大觀園圖，大夥替她出主意，就帶出了中國繪畫史最詳細的材料介紹。

惜春是賈府最小的女兒，元春、迎春、探春、惜春，四個女兒名字的排列，正是「原應嘆息」的諧音。惜春年幼，個性不明顯，故事不多，只在小說開始時描述她愛跟小尼姑玩在一起，當時正巧有人送時新的宮花，每個小姐都有，惜春就開玩笑地說：「我這裡正和智能兒說，我明兒也要剃了頭跟她做姑子去呢。可巧又送了花來，要剃了頭，可把花兒戴在哪裡呢？」

《紅樓夢》裡的許多因果，當事人自己也不清楚。惜春像是在開玩笑，卻正應驗了她後來出家做尼姑的命運下場。

惜春會畫畫，賈母卻不清楚詳情，就命令她畫一張大觀園圖。第四十二回，姊妹們聚在一起，就為了商討這件事。寶釵對繪畫十分了解，一開始就指出，惜春畫畫「不過是幾筆寫意」。「寫意畫」大概就是我們今天看到的蘭草、竹子，有寫書法的基礎，都可以畫兩筆「寫意」。「寫意」自然是寫自己的感覺，意思到了即可，不求技巧細節工整。薛寶釵接著說明「大觀園圖」是「界畫」，不能憑個人主觀去寫意。

「界畫」是繪畫上的專業術語，唐代李思訓、李昭道父子都擅長界畫。界畫是以亭台、樓閣、橋梁、車船等建築物為主題。張擇端在北宋宣和年間創作的《清明上河圖》，就是一卷傳世的傑出「界畫」。

「界畫」需要一定的客觀準確性，因此與主觀的「寫意」不同。

薛寶釵見多識廣，她知道惜春要處理大觀園圖一類的「界畫」，其實能力不足。「界畫」需要透視法的技巧，透視（Perspective）是在平面的繪畫中，利用視覺錯覺創造假象的立體三度空間。最明顯的例子是畫鐵軌，兩條線越遠越靠近，最終端景交叉成焦點。這就是歐洲影響全世界美術的「焦點透視技法」。中國古代繪畫也有透視法，卻不同於歐洲的單一焦點透視。以《清明上河圖》做例子，建築物如樓閣、橋梁，都是依照行進的空間變化視點，因此也叫「散點透視法」或「移動視點」。

沒有透視法的訓練，就會出現像寶釵在第四十二回嘲笑的結果：「欄杆也歪了，柱子也塌了，門窗也倒豎過來，階砌也離了縫，甚至桌子擠到牆裡頭去，花盆放在簾子上來，豈不倒成了一張笑『話』兒了！」

寶釵足足給惜春等人上了一堂透視法的課。她知道惜春這一環的弱點，因此要賈寶玉在外頭找幾位專攻建築人物的工筆畫師幫忙。

寶釵確定了繪畫的類別、技法，接下來就談到材料。她問：「拿什麼畫？」賈寶玉逞能說：「家裡有雪浪紙，又大又托墨。」

寶釵冷笑道：「我說你不中用。」她接著解釋，雪浪紙用來寫字，畫寫意畫，畫南宗山水都可以，「托墨又禁得皴染」；但是畫工筆界畫卻不行，因為「不托色，又難烘」。

寶釵用了很專業的字——「皴」。「皴」是宋代山水畫發展成熟的技法，用毛筆皴擦，處理山石的肌理，如郭熙的「捲雲皴」、李唐的「斧劈皴」、元代黃公望的「披麻皴」等。

「界畫」盛行的唐代，「皴法」還未成熟，多用色彩「烘染」，雪浪紙是吸收水分的紙材，因此很難做到「烘」的效果。「烘」必須在不吸收水分的礬紙或礬絹上，一層一層加深疊色。寶釵說的「不托色，又難烘」一針見血，指出材料錯了，就無法畫「界畫」。

接著寶釵就說明必須用「重絹」。中國北宋以前繪畫多用絹，台北故宮的范寬、郭熙、李唐三大名作，都是絹本畫。文人畫興起，講究皴染，才大量用紙。

今天畫國畫還分生紙、熟紙，生紙適合渲染水墨，熟紙多上礬，吸水性不強，就用來勾勒工筆，烘染色彩。

寶釵家族薛家是做皇商的，替皇室採辦買賣，她因此有許多材料上專精的知識。她說到的「泥金」、「泥銀」，她說到的「風爐子」、「出膠」，都是唐代一脈相承的青綠金碧繪畫的傳統素材。這一類繪畫傳到日本稱為「東洋畫」，中國現在稱為「工筆重彩」，台灣稱為「膠彩畫」，常用到金銀箔或礦石顏料，如石青、石綠，磨粉加膠，再用小爐子加熱化膠。只要看過一次畫家處理這些素材，薛寶釵的這一堂課就完全明白了。

一本小說不急著說故事，不急著交代情節，不急著表現誇大的自我，卻慢條斯理地從頭說起畫一張畫的材料技法細節，《紅樓夢》的作者沉湎在往日的回憶裡，沒有刻意想創作，反而使他的書寫如此豐富。

寶釵最後開了一張長長的單子，光是各色毛筆就總共一百二十四支，「頭號排筆四支，二號排筆四支，三號排筆四支。大染四支，中染四支，小染四支。大南蟹爪十支，小蟹爪十支，鬚眉十支。大著色二十支，小著色二十支，開面十支，柳條二十支。」這僅僅是筆的清單，下面還有顏料、乳鉢、瓷碟、木炭、生薑、醬料等等。

這清單一路開下去，旁邊不懂材料使用的黛玉就開寶釵玩笑，說她是不是在開自己陪嫁的嫁妝清單。

寶釵只好解釋，瓷碟子盛裝顏料膠水，要上火爐烘烤融化，碟子遇火容易炸裂，因此要先用薑汁和醬料塗在碟子下方，小火烤過，才能防炸裂。

寶釵的這一堂材料技法課，對今天許多大學美術系的教授而言，相信都還是有很多幫助的吧。

八

不了情，撮土為香

寶玉要記得這一天，因為一個生命美麗過、受辱過，如今逝去了。
在所有人熱鬧地為王熙鳳慶祝生日的時候，寶玉懷著最深的悲痛獨自紀念著。
《紅樓夢》是青春的輓歌，寶玉似乎為所有逝去的青春焚香祭奠，
為那些屈辱的生命找一塊乾淨的地方。

《紅樓夢》裡有幾個我始終忘不了的畫面，第四十三回就是其中印象最深刻的一段，讀了好多次，每次都還是心情激盪，熱淚盈眶。

第四十三回原來寫王熙鳳要過生日，她的生日是舊曆九月初二，她是賈府當紅的人物，賈母也寵她，因此命令大家一起湊錢，為王熙鳳置辦酒席，請戲班來演戲，讓她熱鬧風光一天。

結果大夥湊足了超過一百五十兩銀子，到了正生日那天，雜耍、百戲、說書的都來了。大家聚集在一起，除了替王熙鳳過壽，這一天正巧也是探春等人詩社聚會的日子，因此一大早詩社社長李紈就特別提醒要把寶玉請到，不能缺席。

李紈兩次命人到怡紅院請寶玉，結果都回說寶玉出去了。

大家都十分詫異，寶玉在這麼重要的日子怎麼會突然外出？探春還特別追問：「憑他什麼，再沒有今日出門之理。」探春的理由很簡單，王熙鳳過生日，賈母主持，無論如何也不該缺席。其次是詩社的日子，沒有告假，無緣無故就不見了，更不尋常。

可是寶玉確實出去了，負責照顧寶玉起居的襲人委屈地說勸不住，說是北靜王府有要緊事，一大早穿了素衣素服就走了。

大家推測是北靜王府有喪事，不得不去祭弔。這麼重要的家宴，寶玉不在，賈母知道了也極不開心。《紅樓夢》的作者留給讀者一肚子狐疑，到底寶玉跑到哪裡去了？作者筆鋒一轉，說「寶玉心裡有件心事」，但沒有明講那「心事」究竟是什麼事情。

那天一大早，寶玉「遍體純素」，一身白，他是要祭奠什麼人。但究竟什麼人這麼重要？讓他連王熙鳳的生日都丟在一邊，讓他連老祖母主持的家宴都敢缺席。

天一亮，他只帶著書僮焙茗（註），從角門偷偷溜出去，一句話也不說，上了馬就向外急奔。焙茗也摸不著頭腦，不知道這小少爺要去哪裡，於是趕上在後面問：「往哪裡去？」

寶玉卻說：「這條路是往哪裡去的？」

讀到這裡，讀者也納悶。這麼忙慌慌地跑出來，寶玉竟然自己也不知道要去哪裡嗎？

焙茗告訴他：「這是出北門的大道，出去了冷清清，沒有可玩的。」

寶玉點點頭說：「正要冷清清的地方好。」

少年心事此刻透露了一點點，他要避開世俗熱鬧，在孤獨冷清的地方祭奠一個心中難忘的人吧。

註：焙茗即茗煙。《紅樓夢》第二十四回，寶玉因嫌「煙」字不好，就將書僮「茗煙」改名為「焙茗」。

然而這個人究竟是誰？

寶玉鞭著馬，快跑了七、八里，出了城門，人煙漸漸稀少。寶玉停下來問焙茗：「這裡可有賣香的？」

寶玉又挑剔，希望是檀香、芸香一類貴重的香料。焙茗說，荒郊野外不會有這種名貴的香，反倒提醒寶玉身上的荷包裡是不是常帶著驅臭除穢的散香？寶玉一摸，荷包裡真有兩星沉速。他很高興，覺得這貼身的東西比買的好。

有了香，寶玉又問香爐。焙茗說：「荒郊野外哪裡有？」他也抱怨寶玉，既然需要，為什麼不早說，可以從家裡帶來。

寶玉罵焙茗糊塗，這樣沒命地跑來，就是怕人知道，當然也不能帶東西。

作者隱晦地觸碰寶玉最深的心事，卻不明說，彷彿那心事是身體裡最傷痛、最秘密的部分，寶玉不能說，也不想說。

焙茗終於知道寶玉是要祭奠什麼人，就建議再往前二里，那兒有一座水仙庵，寺廟裡大概香爐什麼的都會有。

主僕二人就又催馬前行到了水仙庵。水仙庵是供奉洛神的，寶玉看到塑像，想到曹植〈洛神賦〉裡寫水中女神的句子，也不禮拜，就滴下淚來。

寶玉哭了，他在心裡祭奠哀悼的女子好像與水有關，但讀者大概還摸不著頭緒。尼姑準備了香燭紙馬等祭奠用的東西，寶玉都不要，單單借了香爐，只要焚香祭拜。焙茗捧著香爐，跟到寺廟後院，找不到一塊乾淨的地方。焙茗只好問寶玉：「那井臺上如何？」

寶玉點點頭。他站在井臺邊，含淚焚香祭拜，簡單到沒有言語。

敏感的讀者或許感覺到了，因為井臺的暗示，猛然想起第三十二回裡受王夫人屈辱、投井而死的丫頭金釧。

有一個青春的生命無端受到侮辱，有一個青春的生命如此自溺井中，夭亡消逝了。

在王熙鳳生日的同一天，也是這如此卑微生命的生日，然而她的生日沒有人記得，沒有人慶賀，也沒有人哀悼。

寶玉要記得這一天，因為一個生命美麗過、受辱過，如今逝去了。在所有人都熱鬧地為王熙鳳慶祝生日的時候，寶玉懷著最深的悲痛獨自紀念著。

一直到寶玉焚香祭奠完，作者還是沒有明說他祭奠的對象是誰。

寶玉要焙茗收香爐，焙茗卻跪下來磕頭，口中祝禱。他不知道寶玉祭奠誰，主人不說，他也不敢問，然而雖不知名姓，這受祭的陰魂一定是個「聰明清雅女兒」。

焙茗一個書僮，看起來在說玩笑話，卻極動人。他要這陰魂常來看寶玉，因為寶玉想她，她也要庇佑寶玉，來世把寶玉變成女孩，可以在一起玩兒。

青春的胡言亂語，好像無厘頭，卻在沉痛的祭奠裡使悲哀更無奈荒謬。

《紅樓夢》是青春的輓歌，寶玉似乎為所有逝去的青春焚香祭奠，為那些屈辱的生命找一塊乾淨的地方。

他要離開熱鬧的人群，他要遠離富貴權勢的喧譁，他鄙棄趨炎附勢、錦上添花。他要一個冷清的地方，他要再一次站在水中逝去的生命面前，一語不發。

寶玉回家去了，急壞了眾人，大家都簇擁著他，噓寒問暖。然而沒有人知道他去做了什麼，只有他前世的知己看出來了，林黛玉冷冷地說：「天下的水總歸一源，不拘哪裡的水舀一碗，看著哭去，也就盡情了。」

作者深情至此。考證論述，只看到《紅樓夢》的富貴榮華，是多麼淺薄。

九

鮑二家的

鮑二家的說：「多早晚你那閻王老婆死了就好了。」
一生得意傲氣、驕矜自負，王熙鳳卻在生日當天聽到了這句話。
王熙鳳不會想到一個僕人的老婆會在背後如此詛咒她吧，
而這樣殘酷惡毒的話是當著她的丈夫賈璉說的。

我喜歡《紅樓夢》裡「某某家的」說法，常出現的有「周瑞家的」、「賴大家的」、「林之孝家的」等等，年輕讀者剛看可能不容易懂。周瑞、賴大、林之孝都是賈府的管家，有的快退休了，有的還正當差。這些管家的太太家眷跟著丈夫在賈府管事，她們當差，好像沒有自己的身分，就依丈夫的名字後面加一個「家的」。

雖然沒有特殊身分，這些管家的老婆有時卻影響力很大。比如常出現的「周瑞家的」，女婿是做骨董生意的冷子興，犯了法，周瑞家的走內線，求一求王熙鳳，也可以影響司法判決。賈府的為非作歹不只是主人，僕人輩也一樣興風作浪。

「賴大家的」有婆婆，輩分高，幾代都為賈府工作，孫子已經外放做了官。這個被尊稱為賴嬤嬤的賴大母親，開口講話，常常連主人也要領情。《紅樓夢》第四十五回，這賴嬤嬤就當著王熙鳳的面，為周瑞家的兒子講情，王熙鳳一口答應，賣了賴家一個人情。

《紅樓夢》第四十回還有一個「鮑二家的」，不是什麼重要人物，但寫得有趣。這個女人就是趁王熙鳳生日當天和賈璉上了床的鮑二的老婆。

賈璉是一個性慾強而沒有什麼選擇的人，討了王熙鳳這樣精明兇悍的老婆，防範得滴水不漏。《紅樓夢》第二十一回就描寫過賈璉因為女兒出疹子，沒有跟王熙鳳同房，作者說得好，賈璉「獨寢了兩夜，十分難熬」，便找了幾個長得清秀俊美的小廝「出火」。「出火」兩字傳神，就是飢不擇食，隨便抓個男僕也可以發洩性慾。

第二十一回，賈璉趁王熙鳳忙女兒的病，搞上了廚師多渾蟲的老婆多姑娘。多姑娘人盡可夫，床上淫語浪態，比娼妓更甚。賈璉樂了幾日，女兒病好了，被窩裡還夾著女人頭髮，幸好平兒好心，替他遮掩了，才逃過王熙鳳查問。

第四十四回寫王熙鳳過生日，全家族熱鬧慶生，喝酒看戲，賈璉知道王熙鳳那天忙著應酬，就偷空搞上了僕人鮑二的老婆。

鮑二不是管家一類的輩分，在賈府打打雜，身分不高，老婆自然也不會當重要的差事。賈璉趁王熙鳳在前廳吃酒看戲，見機會來了，就找人送兩塊銀子、兩支簪子、兩疋緞子，把鮑二家的叫來，上床陪他玩起來了。

九月二日是王熙鳳最風光得意的日子，由賈母出面，邀集家族女眷，每個人出錢湊分子，給王熙鳳過壽。賈母讓王熙鳳坐上席，又讓大家向王熙鳳敬酒，王熙鳳喝多了酒，「心裡突突的往上撞」，便離了席，要回房去歇一下。

王熙鳳精明過人，她太了解賈璉是什麼心性，只要有一點時間不在身邊，就會尋事。賈母罵賈璉的話有趣：「腥的臭的，都拉了你屋裡去！」

家宴席上正要百戲，鑼鼓喧騰，王熙鳳往家裡走，平兒扶著，才走到穿堂，遠遠就看見一個小丫頭像站崗一樣，一見了王熙鳳，拔腿回頭就跑。

王熙鳳多麼機靈，立刻知道賈璉在家不幹好事，派了小丫頭守著，好通風報信。

王熙鳳厲聲把小丫頭喝住，命令跪下，還叫平兒找人拿繩子鞭子，即刻審問起小丫頭。王熙鳳命人燒紅烙鐵要燒小丫頭的嘴，小丫頭嚇壞了，就一五一十都招供了。

小丫頭原說只是守候，不知道賈璉在家做什麼。王熙鳳一氣，拔了頭上簪子就亂戳小丫頭的嘴，小丫頭才據實說出鮑二家的正和賈璉在床上。

王熙鳳過生日的一天，王熙鳳最受寵風光的一天，然而也是她最難堪心痛的一天吧。她從丫頭口中知道自己的丈夫搞上了僕人的老婆，此時正在自己的臥床上顛鸞倒鳳。

王熙鳳聰明、能幹、處處要強，然而在她人生最得意自滿的時候，上天要她遭遇最痛苦的事。

賈璉安排一個一個小丫頭防守，以為萬無一失，放心在床上跟鮑二家的大搞起來，沒有想到重重關卡都被王熙鳳破除。王熙鳳一步一步走到臥房窗外，沒有立刻推門捉姦，她站在窗下，靜靜聽著房裡床上丈夫和鮑二家的對話。

鮑二家的說：「多早晚你那閻王老婆死了就好了。」

一生得意傲氣、驕矜自負，王熙鳳卻在生日當天聽到了這句話。王熙鳳不會想到一個僕人的老婆會在背後如此詛咒她吧，而這樣殘酷惡毒的話是當著她的丈夫賈璉說的。

她還要聽到更讓她傷心的話，接下來是賈璉的回答：「她死了，再娶一個也是這樣，又怎麼樣呢？」

這是同一張床上睡覺的丈夫的言語，說給一個發生姦情的僕人的老婆聽的。

王熙鳳只聽了兩句，下面卻是讚美平兒的話。鮑二家的覺得王熙鳳死了，平兒可以扶正，顯然僕人都覺得平兒比王熙鳳仁慈善良許多。

王熙鳳像發了酒瘋，不問是非，連一向忠心耿耿的陪嫁丫頭平兒也打了，一腳踹門進去，抓著鮑二家的就撕打起來。

這是多麼難堪的畫面，王熙鳳罵道：「好娼婦！妳偷主子漢子，還要治死主子老婆！」

這樣粗鄙的語言，撕打叫罵，王熙鳳從豪門出身，嫁進豪門，卻似乎完全失了身分。沒有一絲教養，人性跌落到動物最原始的撕咬嚎叫謾罵的本能，沒有任何優雅華美可言。在自己最風光的生日這一天，王熙鳳其實墮落到與鮑二家的同一等級了。

王熙鳳羞辱撕打自己的丈夫，羞辱撕打自己最可靠的丫頭，跑回正在酒宴演戲鑼鼓喧天的現場，哭鬧撒潑。

隔日王熙鳳仍然要強，讓丈夫賈璉當著眾人面前給她賠不是。回到房裡，有人報告：「鮑二媳婦吊死了。」王熙鳳聽了就說：「死了罷了，有什麼大驚小怪的！」

不相信因果，逞能好強，就有報應等著了吧。

十

平兒理妝

人世間再傷心，也不可以不美吧。美是生命最後的救贖。
寶玉要平兒梳頭洗臉化妝，在生命最傷痛的時刻，依然要讓自己光鮮亮麗起來。
一個小少爺，為丫頭洗手帕晾乾，又用熨斗熨平衣裳，
讀者或許覺得不可思議，然而作者清楚：他要人世如此潔淨平坦。

平兒是《紅樓夢》裡我很喜歡的一個角色，她性情溫和包容，處處委屈求全，特別讓人心疼。

平兒是王熙鳳的陪嫁丫頭，豪門貴族的小姐出嫁，要陪嫁好幾個丫頭。這些丫頭的命運可想而知，她們是人，卻變成陪嫁的物品，沒有被當作人看待。王熙鳳又是特別尖刻好妒的女人，陪嫁的丫頭死的死，有的打發嫁人，只剩下一個平兒，忠心耿耿，任勞任怨，惟王熙鳳命令是從，才在身邊留得住，成為王熙鳳最得力的助手。

王熙鳳管家，等於今天企業的總經理，人人都說她能幹，但是沒有平兒這一特別助理，王熙鳳的管理不會那麼順遂。

舉一個例子，第七回王熙鳳去看秦可卿，意外遇到她的弟弟秦鐘也在。王熙鳳沒有帶見面禮，小丫頭回報，平兒斟酌一下，選了一匹尺頭、兩個狀元及第金錁子送去，適時送到，很得體，沒有失禮。

王熙鳳管理嚴峻，對待下人苛刻，沒有慈悲心。平兒常瞞著王熙鳳放寬一點，為王熙鳳做好事，也讓管理不會變得苛薄。

王熙鳳治家成功，一大部分是平兒擔下了大大小小雜事，能夠執行王熙鳳的命令，又能斟酌分寸輕重，適度調整緩急寬嚴。平兒在今天，絕對是一等一的管理好手，無論在政府或企業，平兒都是難得一遇的人才。

平兒又從不爭勝好強，王熙鳳愛逞能、愛出風頭，平兒把風光功勞都歸於王熙鳳，她卻內斂低調，不居功自大。

陪嫁丫頭不能一直單身，王熙鳳又需要平兒在身邊，因此就讓賈璉收為妾。平兒看起來是從丫頭升等成為妾了，但是在王熙鳳這樣善妒的大老婆下面做妾，平兒處境的為難可想而知。

平兒知道賈璉也怕王熙鳳，因此認了做一輩子王熙鳳的奴僕，她名義上是賈璉的妾，卻不讓賈璉碰她，有時賈璉在房中，平兒就跑到房外，隔著窗說話，讓王熙鳳不起疑心，沒有忌恨她的理由。平兒這樣委屈求全，也算是明哲保身的方式嗎？

然而在第四十四回裡，平兒還是遭殃了。

賈璉趁王熙鳳生日壽宴忙亂，搞上了僕人鮑二的老婆，王熙鳳捉姦，聽到鮑二家的在床上詛咒她死，又說王熙鳳死了，平兒扶正會好多了。王熙鳳喝多了酒，又受如此羞辱，惱羞成怒，不問青紅皂白，就劈打身邊的平兒。

王熙鳳踢門進去，與鮑二家的撕打，又命平兒幫著打。賈璉氣急，也動手打平兒。一直委屈求全、從不惹是生非的平兒，也終於攪進這樣難堪骯髒的處境，弄到披頭散髮，涕泗滂沱，絕望到要藉賈璉手中的劍自盡，一了百了。

李紈平日就心疼平兒，看到平兒此日難堪受辱，就把她帶到稻香村去安慰平撫。事情過後，寶玉把平兒接到怡紅院來，向平兒道歉。寶玉說：「好姐姐，別傷心，我替他兩個賠不是吧。」平兒雖然氣苦，也不解為何寶玉要向她賠不是，便說：「與你什麼相干？」寶玉笑說：「我們兄弟姊妹都一樣。他們得罪了人，我替他賠個不是，也是應該的。」

佛經對「大悲」的解釋是「不捨一切有情」，寶玉對平兒受辱受苦不忍，他不覺得平兒只是奴僕丫頭，真心希望有情眾生都歡喜安樂，也真心為賈璉之俗、王熙鳳之威抱歉，好讓平兒安心。文學裡體悟「大悲」的，竟是一個十幾歲的少年。

平兒懂事，沒有對賈璉、王熙鳳一句怨言，真心感謝寶玉的體貼溫暖。

寶玉不只在言語上體貼，他覺得平兒受了氣，受了侮辱，為了王熙鳳做壽特意穿的新衣服也髒了，就提醒平兒換下髒衣裳。他說：「可惜這新衣裳也沾了，這裡有妳花妹妹的衣裳，何不換了下來，拿些燒酒噴了，熨一熨。把頭也另梳一梳，洗洗臉。」

寶玉覺得，人世間再傷心，也不可以不美吧。美是生命最後的救贖。寶玉要平兒梳頭洗臉化妝，在生命最傷痛的時刻，依然要讓自己光鮮亮麗起來。

寶玉張羅丫頭舀洗臉水、燒熨斗。他又見平兒哭過，撕打過，頭髮亂了，臉上沒有光彩，就說：「姐姐還該擦上些脂粉，不然倒像是和鳳姐姐賭氣了似的。」

人生在世，不要跟別人「賭氣」，不要跟自己「賭氣」，糟蹋大好生命。第四十四回裡，寶玉就認真幫平兒整妝起來。

寶玉的爸爸賈政如果此時看到兒子替丫頭塗脂抹粉，大概又要氣得昏倒。然而《紅樓夢》平兒理妝這一段，確實是最動人的人生風景。

傷心過，痛苦過，骯髒過，難堪過，寶玉帶著平兒，從梳頭化妝開始，讓自己重新潔淨美麗起來。

寶玉在妝臺前打開一個宣窯瓷盒，瓷盒裡一排十根玉簪花棒。寶玉拈了一根遞與平兒，向平兒解釋：「這是紫茉莉花種，研碎了兑上香料製的。」平兒把粉倒在掌上，果然輕、白、紅、香，四樣俱美，撲在臉上勻淨潤澤，不會澀滯。

胭脂盛在小小白玉盒子裡，像玫瑰膏子。寶玉再向平兒解釋：「那市賣的胭脂都不乾淨，顏色也薄。這是上好的胭脂擰出汁子來，淘澄淨了渣滓，配了花露蒸疊成的。」平兒用細簪子挑一點兒，抹在手心裡，用一點水化開，抹在唇上；手心剩下的用來拍在兩頰上。

「平兒依言裝扮，果見鮮豔異常，且又甜香滿頰。」寶玉又把花盆內正盛開的一枝並蒂秋蕙，用竹剪刀擷了下來，給平兒簪在鬢上。

細讀《紅樓夢》這一段，對化妝品的講究，粉與胭脂的製作方法，或許使人歎為觀止，一點不輸今日歐洲名牌。

然而平兒理妝，還是在說生命任憑如何難堪受辱，也還是要重新整頓，讓自己美好起來吧。

在寶玉眼中，平兒是聰明清俊的上等女孩兒，寶玉心疼這樣的生命。平兒走了，留下她的衣裳手帕，上面猶有淚漬，寶玉洗了晾上，用熨斗燙平。

一個小少爺，為丫頭洗手帕晾乾，又用熨斗熨平衣裳，讀者或許覺得不可思議，然而作者清楚：他要人世如此潔淨平坦。

十一

鴛鴦

鴛鴦死心塌地照顧賈母，她從沒有自己的打算嗎？
要不要嫁人呢？守著老太太一輩子嗎？老太太走了呢？鴛鴦何去何從？
《紅樓夢》裡的丫頭，無論簽賣身契的像襲人，
或是家生世代奴僕的像鴛鴦，好像都不敢想自己的未來。

《紅樓夢》裡有幾個丫頭是極重要的，如王熙鳳身邊的平兒，寶玉身邊的襲人，還有賈母身邊的鴛鴦。

襲人照顧寶玉吃穿坐臥，沒有一樣不用心。襲人是賈母調教的丫頭，因為細心溫順，賈母心疼孫子，才特別撥到寶玉房中侍候。

襲人照顧寶玉，不能說沒有私心。她是以賣身契賣到賈府的丫頭，跟了一個多情善良的少爺，巴望著將來就做這少爺的妾，服侍他一輩子，自己也有了依靠，算是賣身丫頭的好下場吧。有一次襲人的哥哥提議給襲人贖身嫁人，襲人不願意，她知道嫁人未必能遇到像寶玉這麼善良的男人，一個從小家貧賣身的丫頭，還能有更好的寄望嗎？

平兒是王熙鳳的陪嫁丫頭，被賈璉收為妾，但是她不讓賈璉碰她，一心一意就做一輩子王熙鳳的丫頭，沒有任何妄想。

《紅樓夢》裡的丫頭也都在太虛幻境的帳冊裡，雖然因為身分列在又副冊，作者卻對她們情深義重，沒有一點輕忽。

這些丫頭許多是同一時間進入賈府的，九歲、十歲開始接受訓練，學習針線女紅，學習鋪床疊被，學習服侍主人吃穿，學習應對進退。豪門的丫頭訓練是一門大學問，足足可以是一套管理上的「丫頭學」。

賈母是賈府發跡的第一代老長輩，她對丫頭的調教可圈可點，值得今天企業做管理上的參考。襲人是賈母調教出來的，後來派到寶玉房裡；紫鵑也是賈母調教的，後來派去照顧黛玉。賈母像今天的人力資源訓練中心，賈府重要的丫頭都經她訓練，再派出去服侍她最疼愛的孫子、外孫女。

賈母留在身邊的鴛鴦，更是她一手調教的精采角色。

王熙鳳身邊有平兒，像總經理的特別助理，大大小小的事都能處理得妥妥貼貼。王熙鳳如果是當值的總經理，賈母就像是退休的老董事長。用賈母自己的話來說：「我進了這門子，做重孫子媳婦起，到如今，我也有個重孫子媳婦了，連頭帶尾五十四年。」

這五十四年，賈母從十七、八歲開始管家，她的經歷完整，經驗了一個家族從創業到繁盛，又逐漸露出衰頹的漫長過程。到了七十歲上下，她退休了，看起來每天吃喝玩樂，跟兒孫輩玩牌看戲，諸事不管。但是，沒有一個董事長會真正退休，尤其是創業一代的董事長。他們好像睜一隻眼、閉一隻眼，但隨時都盯著當值的總經理，必要時一定說兩句關鍵的話。而在這退休時刻，能照顧老董事長起居，能體貼老董事長心事，能把老董事長的財務、權益、地位一一守好的，就需要一個像鴛鴦這樣的精采角色。

老董事長不糊塗，鴛鴦也必須特別精明。老董事長一問起什麼事，鴛鴦都要在一旁提醒細節。老董事長一問起什麼物件，鴛鴦也要即刻能回答出收放在哪裡。

鴛鴦照顧賈母，賈母在家族中位高權重，鴛鴦卻從不狐假虎威，做事得體有分寸，絕不僭越。

一個企業，一個組織，沒有了賈母，沒有了鴛鴦，就君不成君，臣不成臣，必然亂成一團。

鴛鴦是丫頭裡的「家生子」，「家生子」是世襲的奴僕。鴛鴦的父親金彩就是奴僕，派在賈府南方看管老宅，年老癱瘓，已經領了喪葬費用。鴛鴦的哥哥金文翔負責賈母的採買，嫂嫂則管漿洗衣物雜事。

鴛鴦死心塌地照顧賈母，她從沒有自己的打算嗎？十六、七歲的她，未來前途在哪裡？要不要嫁人呢？守著老太太一輩子嗎？老太太走了呢？鴛鴦何去何從？

《紅樓夢》裡的丫頭，無論簽賣身契的像襲人，或是家生世代奴僕的像鴛鴦，好像都不敢想自己的未來。

對於做丫頭奴婢命運不甘心的，也有晴雯、司棋，下場都很悲慘。

鴛鴦呢？她如此認命，忠心地照顧賈母，沒有非分之想。然而，她逃得過悲劇下場嗎？

《紅樓夢》第四十六回，來看一看鴛鴦的悲劇。

鴛鴦安分守己做賈母的丫頭，以為如此可以平安無事，但是豪門權貴無事也要生非。大老爺賈赦有一日忽然看上了鴛鴦，就命令自己老婆邢夫人去跟賈母要人。邢夫人是出了名的庸懦，一味奉承丈夫，邢夫人又央求兒媳婦王熙鳳去跟賈母說。王熙鳳聰明絕頂，知道一定碰釘子，就說：「老太太離了鴛鴦，飯也吃不下去的，那裡就捨得了？」這句話說出老董事長身邊鴛鴦的重要性了。

王熙鳳又告訴婆婆，賈母已經對賈赦好色一事不滿：「老太太常說，老爺如今上了年紀，做什麼左一個小老婆，右一個小老婆放在屋裡，沒的耽誤了人家。」

賈母是家族老長輩，一個做母親的這樣說兒子的重話，可見賈赦「左一個小老婆，右一個小老婆」已經是家族醜聞了。賈母心疼這些少女，無辜被好色老頭「耽誤」了青春。

賈赦是權貴霸道老爺的典型，年紀大了，有錢有權，生命空虛，就貪婪財物，霸佔少女肉體，證明自己存在的價值吧。

鴛鴦的哥哥嫂嫂都喜出望外，覺得世襲奴僕被老爺看上了，簡直是家族榮寵。然而，鴛鴦有個性，雖是奴婢，沒有卑賤到要出賣自己肉體，她抵死不從。

賈赦被拒絕了，惱羞成怒，說出難聽的話：「她必定嫌我老了，大約她戀著少爺們，多半是看上了寶玉，只怕也有賈璉。」

賈璉是賈赦的親兒子，老爸搶女人，拉扯起兒子、姪子，可見這權貴老爺的粗鄙。

賈赦又威脅說：「憑她嫁到誰家，也難出我的手心。除非她死了，或是終身不嫁男人，我就服了她！」

鴛鴦果真跪在賈母等眾人面前，剪下半綹頭髮，發了重誓，說一輩子不嫁人，服侍老太太歸了西，或死，或出家做尼姑去。

然而，鴛鴦真能逃過賈赦的「手心」嗎？

《紅樓夢》作者是在寫懺悔錄，為家族所有男性的粗鄙霸道，寫一部向清白女子道歉的懺悔錄。

十二

柳湘蓮

柳湘蓮是《紅樓夢》裡透徹看到生命虛無荒涼本質的男子，
他的「帥」，他的「酷」，讓男男女女迷戀顛倒，
然而他是要獨自出走的，憎與愛，都與他無緣。像俠的逝去，
柳湘蓮的美自負孤獨。

《紅樓夢》裡若要封第一大帥哥，首選大概就是柳湘蓮了。

《紅樓夢》裡有許多優秀聰明漂亮的女孩兒，男子卻多不行。賈府中的男人，如賈赦、賈政、賈珍、賈璉，非呆即壞，談不到什麼美的品性；長得美的如賈薔、賈蓉多無剛性，也與「帥」字無緣。

親族裡的男子，秦鐘是美的，但他從出場到死亡，不過是十五歲不到的青少年。寶玉疼他，他像個小弟弟、小可愛，也談不到「帥」。

常出場的薛蟠是富二代的典型，不學無術，外號叫「呆霸王」，十七、八歲，最是「痞子」。他男色、女色都要，談不到情愛，多是一時的粗俗淫慾，像他酒樓唱的小曲：「女兒樂，一根雞巴往裡戳。」貪皮肉之歡，淫濫無度，是與美最無緣的人。

《紅樓夢》第四十七回，薛蟠在應酬場合裡偶遇柳湘蓮，這個見過一面就讓他念念不忘的大帥哥，二次相見時，薛蟠簡直失了神，當眾擠眉弄眼，醜態畢露，弄到柳湘蓮難堪，離席就要走人。

柳湘蓮的「帥」帶著男性若即若離的「冷」，他外號就叫「冷二郎」，與今日年輕人說的「酷哥」很相近。

「酷」、「帥」都要有一點自負的孤獨，男人一嘴碎，一嘮叨，就難「酷」、「帥」。

漢文明中，文人最容易「酸」。沒有自信，看別人好就發酸，「酸味」、「酸氣」沖天，就難「帥」起來。

柳湘蓮不是文人，他「原是世家子弟，讀書不成」。我特別喜歡這「讀書不成」四個字，《紅樓夢》裡「讀書有成」的，像賈政，或者賈雨村，都去做了庸懦無趣或者貪婪殘酷的官，也與一個民族最美的人性絕了緣。

柳湘蓮是從腐敗的讀書考試八股文化裡，孤獨出走的一個。

《紅樓夢》第四十七回對柳湘蓮的描述令人神往——「素性爽俠，不拘細事，酷好耍槍舞劍，賭博吃酒，以至眠花臥柳，吹笛彈箏，無所不為。」

看慣了今天學校裡只會考試的大學生的呆相，就知道柳湘蓮若活在今天，一定不會是死讀書、沒有個性的年輕人。

柳湘蓮的「帥」有一點江湖，「酷」也有一點江湖。「江湖」二字不容易理解，在黑白兩道之間遊走，爽快俐落，有愛有恨，有肩膀，有擔當。我見過這樣的青年，但多不在大學裡混，不服體制，獨來獨往。

「素性爽俠」四個字很準確，漢文明裡最美的人物常常都有「俠氣」，豪邁大器，不斤斤計較小事。把自己的身體品行練好，學一點功夫。賭場酒樓，乃至妓院歡場都不忌諱。他們萍蹤浪跡，到處飄泊，與俗世無瓜葛牽絆，無沾黏罣礙。

《史記》裡的荊軻是「俠」的典型，他們沉默孤獨，他們為知己者死，他們在死亡前笑傲，鄙視唯唯諾諾的苟活。魏晉竹林七賢性格裡也還有「俠」的餘溫，阮籍的長嘯狂醉，嵇康的「上不臣天子，下不事王侯」都有俠情。我總覺得嵇康臨刑前大笑說「廣陵散從此絕矣」，是人物之美的巔峰。

然而這個民族越來越少「俠」的帥氣了嗎？

《紅樓夢》作者要在男人的霸氣、呆氣、酸氣裡創造一個特立獨行的柳湘蓮，成為令人神往的人物嗎？

柳湘蓮「年紀輕」、「生得美」，又喜歡票戲，上了舞台，演「生」「旦」風月戲。台下的男人都誤認他是「優伶」，難免就要動情，或動淫慾。

柳湘蓮的「美」也彷彿與他的「玩世」有關，他在舞台上票戲，演英俊小生，或反串旦角，都美到不行。他知道是演戲，好像來人世一遭原就是演戲，演得好，台下人入迷，痴愚顛倒夢想。然而戲台上的人，脫去戲服，冷面冷心，還是與人間沒有瓜葛的「冷二郎」。

柳湘蓮討厭薛蟠糾纏，離席前跟寶玉交代，因為雨水壞了秦鐘的墳，他已經修好，錢也花完，就要出去流浪三年五載。寶玉敬愛柳湘蓮，知道留不住，傷心落淚。此時薛蟠大鬧，叫道：「誰放了小柳兒走了！」柳湘蓮聽了，火冒三丈，就決定要給這薛蟠一點教訓。

柳湘蓮誆騙薛蟠，說一起出城，晚上同睡，還有兩個絕色處男，好好玩一宿。薛蟠淫慾沖天，簡直樂翻了。柳湘蓮又囑咐薛蟠別帶僕人，單騎匹馬，到城外荒僻無人處相見。

騙到了荒野郊外，薛蟠便被柳湘蓮痛揍一頓。柳湘蓮是練過武術的人，他若真要薛蟠的命，一出手就能致於死地。薛蟠低俗頑劣，但不是大惡，他又是寶玉的姨表兄。柳湘蓮因此只用了「三分力氣」，腦後一拳，臉上數十巴掌，背上幾十馬鞭，讓薛蟠這日日調情、不學無術的富二代連連叫饒，淫慾頓消，頭腦清醒不少。

薛蟠像死豬一樣，被柳湘蓮提著一條腿在爛泥地裡拖行，喝下泥灘骯髒的汙水，酒席上剛吃的山珍海味全都嘔吐一身。薛蟠被揍一段，讓許多對粗俗官二代、富二代不屑的讀者大快人心吧。

然而，柳湘蓮還是孤獨的，他丟下哀哀哭叫的薛蟠在荒郊野外，自己單騎走了。

這個彷彿於人世間無憎無愛的「冷郎君」，他心中憎厭的，似乎也不是薛蟠，而是人性裡如此鄙俗下流的部分吧。

柳湘蓮是《紅樓夢》裡透徹看到生命虛無荒涼本質的男子，他的「帥」，他的「酷」，讓男男女女迷戀顛倒，然而他是要獨自出走的，憎與愛，都與他無緣。

《大集大虛空藏菩薩所問經》裡對「大捨」的註解是：「於一切有情無憎愛。」

柳湘蓮是太虛幻境帳冊裡註記的人物，他要在第六十六回遇到尤三姐，在尤三姐用他的雌雄劍當面自刎而死之後，他才徹底知道，自己的「帥」與「酷」，原來只是來人間遊戲一場。

他遇到瘸腿道士，問道：「此係何方？」領悟了「大捨」，拿起劍，割斷頭髮走了。

像俠的逝去，柳湘蓮的美自負孤獨。

十三

石呆子

石呆子傻裡傻氣，家裡收著二十把舊扇子，竟不知道是惹禍上身的東西。
脾氣又臭又硬，完全無知於官府老爺手段的殘酷厲害。
在《紅樓夢》裡佔據不到一頁篇幅的石呆子，卻因為賈璉一句「坑家敗業」
讓讀者心酸，社會裡有多少「石呆子」是這樣被「坑家敗業」的？

《紅樓夢》裡可以節錄出許多極精采的極短篇，有的不到一頁，有的五行、十行，人物性格突出，事件情節清楚。雖然短，卻很發人深省。

《紅樓夢》第四十八回寫薛蟠調情，被柳湘蓮打了，決定洗心革面，出外做生意去，改變一下自己富二代的壞形象。薛蟠一走，家裡沒有男人，薛姨媽就謹守門戶，也讓薛蟠的妾——香菱進大觀園去陪薛寶釵住。香菱藉此機會，親近了黛玉、湘雲幾個精采的少女，就跟她們學寫詩。

我喜歡夾在薛蟠出門和香菱學詩兩段故事中一個小小的插曲，抽出來就是一段精簡的極短篇，看到文學大家處理小事件時不慍不火、恰到好處的白描功夫。

薛寶釵帶香菱進大觀園住，遇到平兒來了，就向平兒報告，做一個戶口報備，要平兒轉達給負責管家的王熙鳳。

平兒當然謙讓，說這點小事，薛寶釵可以自己作主，如此客氣通報，太見外了。

寶釵個性是絕不沾惹任何麻煩的，她說：「店房也有個主人，廟裡也有個住持。」就是到廟裡掛單，也都要通報一聲。

寶釵等於替香菱在大觀園報了戶口，以後門禁出入，都有紀錄，免去很多口舌。

寶釵人情周到，除了報備戶口，於法有據，又即刻打發香菱到各處拜訪，這是新住戶的禮貌，鄰居也有了照顧。

香菱一走，平兒就問寶釵：「可聽見我們的新聞了？」寶釵不沾鍋的個性再次顯露，她推得乾乾淨淨，回答說，因為哥哥薛蟠出門，忙了幾天，沒有見什麼人，所以「你們這裡的事，一概也不知道。」

「一概不知道」，就沒有是非。寶釵未必真的「不知道」，以過去的例子來看，大觀園裡雞毛蒜皮的小事，都立刻可以人人皆知。大觀園裡一樣有嘴碎的人，傳「新聞」，講「是非」，不輸今天「臉書」。

寶釵聰明，推說「不知道」。十幾歲的少女，如此圓融成熟，讓今天五、六十歲可能還愛扯是非的人汗顏。

寶釵「不知道」，平兒只好從頭說起。許多事先說「不知道」，讓別人說，自己少了瓜葛，也有思考空間，這是寶釵的智慧。

平兒告訴寶釵，賈璉捱了父親毒打，打了一身傷，動彈不得，她也正是為此來問寶釵，有沒有治療棒瘡的藥。

寶釵這時才說：「早起恍惚聽見了一句，也信不真。」聽到了，不立刻相信，冷靜觀察，這又是寶釵使今天台灣許多「大人」都汗顏的智慧。

寶釵問：「又是為了什麼打他？」

平兒就大罵起賈雨村來：「哪裡來的餓不死的野雜種！認了不到十年，生了多少事出來！」

讀者許久沒有賈雨村的消息了，這位小說開始一貧如洗、住在廟裡的讀書人，受了甄士隱幫助，才有路費進京考試。考取做官，一開始還正義秉公，後來被革了官職，做了林黛玉的老師。得人指點，攀附賈府同宗關係，復職做官。從此平步青雲，越做官越大，弄錢弄權，變成名符其實的腐敗官僚。

這一段小故事，寫賈璉父親有蒐集扇子的癖好。有錢有權，總要玩幾樣東西，玩起來就貪了心。

賈赦貪名貴扇子，和他貪少女肉體一樣，有好的弄不到手，就不甘心。他要的幾把名貴扇子，恰好在一個窮得沒飯吃的石呆子手中。扇骨是湘妃、棕竹、麋鹿、玉竹的，扇面都是古代名人字畫。

貪愛佔有財物的賈赦，就命令兒子賈璉負責把扇子弄到手。賈璉輾轉託人介紹，好容易見到石呆子，也看到扇子，的確是好東西。但是石呆子人雖然窮，脾氣卻怪僻孤傲，守著這些扇子說：「我餓死凍死，一千兩銀子一把，我也不賣。」

賈璉三番兩次，費盡心機，還是弄不到手，天天被父親罵。一把扇子最後開價到五百兩銀子一把，石呆子還是不賣，說了一句：「要扇子，先要我的命！」

賈赦要的東西拿不到，心中不爽，大罵兒子無能。這件事傳揚開來，給賈雨村知道了，覺得是巴結賈府的大好機會。賈雨村以官府名義下令，給石呆子安了一個罪名，訛說石呆子拖欠官銀。石呆子被抓進衙門，家產充公，二十把扇子也以官價賤賣，賠補所欠官銀。

賈赦終於把心愛的扇子弄到手了，他把兒子叫來質問：「人家怎麼弄了來？」

賈璉覺得不平，頂了一句：「為這點子小事，弄得人坑家敗業，也不算什麼能為！」賈赦氣起來，連同幾件事一起算帳，就把賈璉混打一頓。

在《紅樓夢》裡佔據不到一頁篇幅的石呆子，卻因為賈璉一句「坑家敗業」讓讀者心酸，社會裡有多少「石呆子」是這樣被「坑家敗業」的？

平兒又說了一句：「那石呆子如今不知是死是活。」

所謂「官府」，就是這樣聯合起來訛詐殘害無辜百姓的嗎？在平兒一個丫頭口中，被罵為「野雜種」的賈雨村，就是上千年官場長袖善舞得意者的典型嗎？

小小一段石呆子的故事，留存在《紅樓夢》中，沒有多少學者關心，更是考證家不屑一顧的片段。然而石呆子總是在我面前出現，傻裡傻氣，家裡收著二十把舊扇子，竟不知道是惹禍上身的東西。脾氣又臭又硬，完全無知於官府老爺手段的殘酷厲害。

「石呆子」三個字用得好，傻而且頑固。這個石呆子也總讓我覺得好熟，讀現今新聞，他就像在一片官商勾結的豪宅預定地中間，堅持不肯走的一個「釘子戶」，或者是北京街頭上訪的鄉下貧農，或者是首都第三航站抱著炸彈等待同歸於盡的痛苦毀滅者，他們的口頭禪就是：「除非要了我的命。」

為了升官發財，賈雨村的確會想盡辦法要了石呆子這些人的命，手段殘酷而且卑劣。石呆子轉世重來，在北京首都機場變成了人肉炸彈客，他或許就是《紅樓夢》石呆子最好的註解。

十四

香菱學詩

香菱要學詩，當然不是要學矯揉造作的技巧平仄賣弄，
而是要在這淨土中第一次感覺到生命如此美好，
在一生被賤賣糟蹋的坎坷命運之後，有機會覺得自己像人一樣被對待。
大觀園是神佛護佑的青春國度。

香菱是甄士隱的女兒，原名英蓮。五歲左右傭人帶著看元宵節花燈，被人口販子拐走，吃盡苦頭，熬到十幾歲，賣給馮淵，不幸馮淵又被打死，被薛蟠買去做妾，也因此進了賈府。

薛蟠三心二意，娶回香菱，沒幾天就丟在一邊，照舊在外拈花惹草。

香菱這樣的身世，大觀園裡的少女們都很同情，同樣的青春，卻有不同的際遇。寶釵很看重香菱，不把香菱當作奴婢，香菱上進好學，為人有分寸，寶釵也想幫她。因此，薛蟠一離家出外做生意，寶釵就央求母親，讓香菱跟她進大觀園去住，讓香菱和她作伴。

香菱住進大觀園，學著讀書、寫字、作詩。一個從小失學的少女，認識了一群不嫌棄她、不輕視她、不糟蹋她的好朋友。她們年齡相近，對生命都有夢想，珍惜自己的青春，像好姊妹、好知己，期望相敬相愛，共同創造出美麗的生活。這也是香菱一生最愉快、最值得紀念的一段歲月吧。

詩言志，《紅樓夢》裡的青少年都愛詩。寶玉的妹妹探春大概在十三歲左右就發起組成海棠詩社，有點像今天中學生的校內文藝社團。這些愛文學的年輕孩子，每個月初二、十六，聚會兩次。訂出題目，或詠海棠，或寫菊花；或規定形式，八句律詩，四句絕句，或五言，或七言；或限定用韻，「門、盆、魂、痕、昏」；或限時間，或即興創作。以文會友，「聚會」的意義可能更大於寫詩。心境自由豁達，只是讓自己青春的生命有「詩」的品質，潔淨如詩，華貴如詩，因此不會計較技巧的炫耀，大多還是藉「詩」講一講自己生命的渴望吧。

「孤標傲世偕誰隱，一樣花開為底遲？」林黛玉的〈問菊〉是在問菊花，更是在問自己，是在孤獨不與俗世爭繁華的堅持裡與自己最深的對話，「詩」才有了真正的意義吧。

青年文藝社團的價值大抵在此，一旦成為作家，一旦進入所謂文壇，爭強鬥勝，甚至勾心鬥角，汲汲於貶損他人，自吹自擂，把大部分時間浪費在爭名奪利上，或許反而少了青年們單純愛文學的熱情。

香菱進大觀園，似乎並不是貪圖園裡安逸富貴的生活，而是希望自己的生命也有可以美好華貴起來的可能，一生被別人糟蹋，自己若是看重自己，生命仍然可以有詩的品質。

俗世煩擾髒汙，大觀園是青春生命唯一的避難淨土。香菱要學詩，當然不是要學矯揉造作的技巧平仄賣弄，而是要在這淨土中第一次感覺到生命如此美好，在被賤賣糟蹋的坎坷命運之後，有機會覺得自己是一個人，像人一樣被對待。大觀園是神佛護佑的青春國度。

香菱學詩的一位老師是林黛玉。一個被人口販子拐賣的女孩，一個被花花大少薛蟠糟蹋冷落的女孩，香菱要黛玉教她寫詩，她說：「我就拜妳為師，妳可不許膩煩的。」

黛玉平日何等孤傲，榮華富貴都不在她眼下，她卻真心心疼香菱，願意和這長期被蹂躪卻努力上進的生命結為知己。

黛玉對香菱學寫詩一開始提醒的兩句話說得極好：「什麼難事，也值得去學。」

黛玉即興寫詩，常有驚人警句，在今天作家群中大概會被視為才女，她卻對寫詩一事毫不自以為是。她給香菱的第一堂課發人深省，今日文藝營中台上誇張驕矜的講師，大概都難這樣教導文藝青年。

黛玉說：「不過是起承轉合，當中承轉是兩副對子，平聲的對仄聲，虛的對實的，實的對虛的。」

就這麼簡單？許多虛張聲勢的文藝營好像都可以關門了。

黛玉又補一句：「若是果有了奇句，連平仄虛實不對都使得的。」

這是文學徹底的反技巧形式的觀點。林黛玉對寫詩的看法，也正是《紅樓夢》作者對文學創作的看法吧。

排斥文學的形式技巧雕琢，回歸文學真性情的本質，也正是「滿紙荒唐言，一把辛酸淚」的文學永恆題旨，把文學拉回到真實的生命書寫，荒唐、辛酸，都比平仄虛實的賣弄重要。

林黛玉不會去參加文藝營，她也讓初學寫詩的香菱知道：文學與詩，都在生活中，並不存在於文藝營。

兩個文學青年就討論起寫詩來了，黛玉特別強調：「詞句究竟還是末事，第一是立意要緊。若意趣真了，連詞句不用修飾，自是好的。」

文藝營、文學院裡，或許都應該有黛玉這樣說真話的老師。

林黛玉給香菱的功課也很具體，第一課：讀一百首王維的五言律詩。第二課：讀一、二百首杜甫的七言律詩。然後第三課：讀李白的七言絕句一、二百首。

林黛玉要香菱先有這三個唐代詩人的底子，再看陶淵明等南朝詩人的作品。她認為不要一年，香菱就不難是「詩翁」了。

香菱果真照著林黛玉的方法讀起王維的五言律詩，讀到廢餐忘寢，入了迷。

文學如此讓人入迷嗎？詩的世界，有這樣讓一個生命坎坷艱難的卑微者奮發上進的力量嗎？

書寫者或許很容易忘記自己青春時熱愛文學的初衷，不是在名利上得意，不是爭強好勝，而是在最孤獨的時刻，可以有詩句與自己對話吧。

香菱讀到「大漠孤煙直，長河落日圓」，她疑惑「煙」如何「直」？王維千古的警句讓她想起上京旅途一夕黃昏，船泊在岸邊，遠遠幾棵樹，幾戶人家在做晚飯，「那煙連雲直上」。

香菱好像在學寫詩，她卻在詩句裡回憶了自己的生命情境。被拐賣，被毒打，被作賤侮辱，生命如此不堪。然而，某一個傍晚，依靠著河岸的船，船邊的水灣，水灣裡的夕陽，村落人家的煮炊，她讀懂了王維的「渡頭餘落日，墟里上孤煙」。她讀懂了王維，也讀懂了自己。

十五

邢岫煙

邢岫煙出淤泥不染，不忮不求，不卑不亢，出場分量少，卻讓人愛敬。
《紅樓夢》裡的少女富貴而不自私，
她們要跟值得心疼的同伴一起享有美好青春。
邢岫煙像是大觀園富貴榮華裡的一則考題，測試生命的溫度。

岫煙，山裡的煙嵐，輕盈飄渺。她在《紅樓夢》故事講了一大半才悄悄出現，安安靜靜，刻意不要被人發現。從深谷幽壑升起，一絡一絡，在風裡飄移流蕩，一絲一絲，在空中飛散逝去，來無蹤跡，去無蹤跡。然而，作者看到了，那一縷深山裡不染塵俗寂靜的煙嵐。

邢岫煙在小說第四十九回出場。她的故事很少，五十一回描寫她在大雪中沒有雪衣皮裘，在十幾個穿著豔紅羽紗羽緞的少女群中，她只一件舊氈披風，「拱肩縮背」。平兒看不過去，自作主張，拿了一件大紅羽紗雪衣送去給邢岫煙。

平兒是王熙鳳的丫頭，她不徵求王熙鳳意見，自己作主選了一件半舊大紅羽紗的雪衣給邢岫煙。王熙鳳當著眾人說了一句：「我的東西，她私自就要給人。」

王熙鳳嘴裡這樣說，心裡其實贊同平兒的做法。王熙鳳管家嚴厲，有時過度苛刻，像今天企業嚴苛的總經理。平兒是特別助理，常常私下斟酌情況，適度調整，讓管理上多一點人性的寬鬆。

賈府管理得好，外面人看著都是王熙鳳的功勞，明白底細，就知道平兒才是關鍵。王熙鳳像好大喜功的帝王，可以叱吒風雲，然而真正使社會穩定富饒的力量，常常不是霸氣的帝王，而是幾個個性內斂、安靜做事、穩重又不爭功的名相。

邢岫煙在蘇州跟妙玉交往過，受佛學薰陶，知道守靜。她的姑媽邢夫人自私貪婪，父親邢忠也是「酒糟透了」的人。邢岫煙寄居賈迎春處，沒有錢，要應付老媽子、丫頭時時討賞，傭人不時偷雞摸狗。邢岫煙一切看在眼裡，沒有一點抱怨。這樣的出身，這樣的環境，邢岫煙出淤泥不染，不忮不求，不卑不亢，出場分量少，卻讓人愛敬。

第五十回裡，十幾名青少年在蘆雪庵圍爐賞雪，以「雪」做主題，限定二蕭韻，玩五言排律聯句。

「蕭」也就是今天注音的「幺」，在電腦裡把母音有「幺」的字排列起來，就像韻譜。王熙鳳起了一句「一夜北風緊」，李紈就接「開門雪尚飄」，韻腳落在「飄」。李紈再給一句「入泥憐潔白」，香菱就接「匝地惜瓊瑤」，落在「瑤」，也是「幺」韻。

上一個人給一句，下一個人用「幺」韻的句子接。五言排律，是即興聯句，像一種語言文字的game，青少年玩音韻、玩意象，也抒發自己的情感。

邢岫煙個性退讓，在爭先恐後的聯句遊戲裡，她只參與兩次。一次是接李紋，說了一句「凍浦不聞潮」，接著給了一句「易掛疏枝柳」。第二次是接探春的「深院驚寒雀」，岫煙接的一句是「空山泣老鴞（音蕭）」。

邢岫煙孤獨寒涼，於人間事極淡薄，詩句也荒涼空寂，像深山裡夜鴞的悲啼，寥闊蒼茫。

邢岫煙內斂守靜，得到許多人敬愛，不因為她的出身鄙薄她。寶釵的母親因此托賈母作媒，許給薛蝌為妻。

第五十七回，寶釵遇到邢岫煙，看她衣裳單薄，暗地裡問她：「這天還冷的很，妳怎麼倒全換了夾的？」邢岫煙低頭不回答，她連生活艱難也不張揚哀怨。寶釵就問：「這個月的月錢又沒得？鳳姐姐如今也這樣沒心沒計了。」

邢岫煙才據實回答，月錢有一半拿去給父母花用了，而她住在迎春處，「那些媽媽丫頭，那一個是省事的？那一個是嘴裡不尖的？」岫煙怕傭人閒話，三天兩頭要賞錢給她們吃酒買點心。錢不夠，只好把棉外衣當了，打發這些傭人。

在富貴人家做客，好像吃穿都不用花費，然而貧困的邢岫煙，連「小費」也打點不起。

寶釵發愁，怕岫煙如此要熬出病來。寶釵看到岫煙裙子上一塊玉珮，就問：「這是誰給妳的？」岫煙說是探春。寶釵讚道：「她見人人皆有，獨妳一個沒有，怕人笑話，故此送妳一個。」

《紅樓夢》裡的少女富貴而不自私，她們要跟值得心疼的同伴一起享有美好青春。邢岫煙像是大觀園富貴榮華裡的一則考題，測試生命的溫度。

平兒私下幫助岫煙，送她衣服。探春關心岫煙，贈她玉珮。現在輪到寶釵，她問岫煙衣服當到哪裡，囑咐岫煙把當票悄悄給她，好贖回衣服。寶釵叮嚀：「不然，風閃著還了得！」

《紅樓夢》看似花團錦簇，卻處處是人性的試題。只看富貴，其實離《紅樓夢》的入門還遠。

邢岫煙告訴寶釵，棉衣當在鼓樓西大街的恆舒當鋪。寶釵笑了說：「這鬧在一家去了。」恆舒正是薛家產業裡的一間當鋪。

第五十七回結尾，湘雲撿到當票，找黛玉看，兩人都不知道是什麼東西。寶釵看到了，忙折了起來，遮掩說是過期勾了帳的死當票。湘雲還追問：「什麼是當票子？」薛姨媽嘆口氣說：「侯門千金，而且又小，哪裡知道這個？」

富貴而不知天下的現實，《紅樓夢》的繁華裡有了寒涼薄霧。

大觀園的小姐們，認識「當票」的恐怕只有兩個人。一個是寶釵，因為家裡有當鋪產業，父親早逝，寶釵定是經心家族事業的人，所以認得。另一個與當票有來往的，就是邢岫煙，因為生活貧寒，必須要典當衣服來應付。

作者寫「當票」，自己從富貴入貧困，大概也有很深的感觸吧！

十六

史湘雲BBQ

賈府顯然有現成的Bar-B-Q器具，吃烤肉應當是家族一種飲食習慣，
史湘雲的「小騷韃子」個性只是恰好帶出了這一線索而已。
湘雲吃得開心，要寶琴一起吃，寶琴笑著說：「怪髒的。」
南方生活與北方習慣形成了對比。

史湘雲是《紅樓夢》裡許多人喜歡的角色。她是史侯家族的女兒，是賈府地位尊崇的賈母史太君的姪孫女。因為父母早逝，叔叔嬸嬸對她不關心，所以從小就常被賈母接到大觀園住，跟寶玉一起長大。

賈母特別疼愛這個自己娘家的晚輩，常常讓人感覺到，老年的賈母彷彿在史湘雲身上看到自己少女時的青春。

第三十八回，賈母跟大夥遊大觀園，到藕香榭賞桂花吃螃蟹。賈母過了竹橋，坐在四面環水的亭子上，看看亭子上的對聯，對聯是用「黑漆嵌蚌」。

這四個字用得有趣，賈母不識字，她眼中看到的東西形容起來很質樸。「黑漆嵌蚌」就是「螺填」（或「羅鈿」），是傳統常見的工藝，在打了黑漆的深色木器上用珠貝蚌殼鑲嵌紋飾，可以做文具、桌椅、衣櫃，也可以鑲飾牌匾對聯文字。

賈母沒有用「羅鈿」、「螺填」這些文謅謅的詞兒，她直接了當就用「黑漆嵌蚌」四個字。她知道這是貝殼鑲嵌的一副詩句對聯，就特別要湘雲唸給她聽。湘雲唸出來：

芙蓉影破歸蘭槳，

菱藕香深瀉竹橋。

賈母聽著，想起了往事，她跟大家回憶說，娘家以前也有一個「枕霞閣」，自己還是少女時，跟湘雲一般大小年紀，如何頑皮，在水池邊玩耍，不小心跌到池裡，頭上還留著傷疤。

讀一讀這段賈母動人的回憶：

我先小時，家裡也有這麼一個亭子，叫做什麼「枕霞閣」。我那時也只像她們姊妹這麼大年紀，同著幾個人天天頑去。誰知那日一下子失了腳掉下去，幾乎沒淹死，好容易救了上來，到底叫那木釘把頭碰破了。如今這鬢角上那指頭頂兒大的一個坑兒，就是那磞破的。眾人都怕經了水，又怕冒了風，都說活不得了，誰知竟好了。

身體上觸覺的記憶，常常是最深的記憶。匆匆過了五十年以上，老年的賈母猶然記得自己額頭鬢角上一個坑，一個又像傷痛又像帶著無限眷戀的疤痕，讓她回憶起青春歲月。

讀到這一段，大概看得出來，大觀園一群青春少女安逸悠閒的美麗歲月，背後隱藏著一個對青春有回憶的老祖母的鼓勵。賈母不識字，但極聰明豁達，一生富貴榮華，也深刻領悟富貴榮華的虛幻吧。到了晚年，只愛跟年輕孫子孫女們玩，她特別鍾愛史湘雲，也看得出她年輕時豪邁、直率的本質個性。

年輕時玩過，有過不遺憾的青春，才能欣賞鼓勵年輕人活出自己吧。賈母衰老了，卻真心疼愛年輕的孫子孫女，庇佑他們，鼓勵他們，希望他們也能活出自由自在的自己。

在史湘雲身上，恰好可以看到賈母年輕時有點頑皮、活潑好動的個性模樣。

在《紅樓夢》主要的三個女性中，史湘雲個性最爽朗，有點男孩子的帥氣，對比於敏感柔弱、憂鬱孤傲的林黛玉，或對比於心機深沉、做人圓融周到的薛寶釵，史湘雲是有點大剌剌的。她不拘細節，熱心腸，心直口快，有時也就容易得罪人。

第四十九回裡，下了大雪，湘雲穿了男裝，緊身窄袖，鹿皮靴子。林黛玉笑她「小騷韃子」，倒是透露了《紅樓夢》家族裡一些隱微的與北方塞外民族的關係。

從小說來看，榮國公、寧國公這兩位賈家創業的先祖，隨先皇出征，以「軍功」封公侯，家族富貴四、五代，雖以科舉入仕，還遺留著馬上征戰出身的一些北國遺風。

如果胡適的考證不錯，《紅樓夢》的作者是隨滿清入關的漢軍旗後裔，那麼先祖長期生活於關外的記憶，或許偶然仍在小說裡透露一些蛛絲馬跡吧。

我喜歡四十九回結尾史湘雲生烤鹿肉一段，在江南文化裡沒有大塊烤肉吃的習慣，而史湘雲和寶玉弄到一塊新鮮鹿肉，興沖沖在花園野地就烤起來吃，如同今日流行的Bar-B-Q。

新鮮鹿肉是賈母告訴寶玉和湘雲的，因為賈母在吃「牛乳蒸羊羔」，賈母跟年輕人說「這是我們有年紀人的藥」，羊羔「還沒見天日」就拿來吃，好像糟蹋生命，所以賈母說：「你們小孩子吃不得。」

我童年時家裡也有這樣習慣，雞鴨魚腹中的卵，沒有誕生的動物胎兒，小孩都不准吃，大人說是怕吃了會「造孽」。我們私下卻常議論：是因為好吃，大人編個理由，不給我們吃。

賈母看到寶玉用茶泡飯隨便吃了，就告訴他有新鮮鹿肉，留給他晚上吃。湘雲一聽說有鹿肉，就跟寶玉商議著如何要一塊來，自己弄了吃。

那一天大夥約好要在蘆雪庵作詩，眾人都到齊了，獨缺寶玉、湘雲。黛玉就說：

「這會子一定算計那塊鹿肉去了。」果真李紈的嬸嬸路過，看到「乾淨清秀」兩個哥姐，商議著要吃生肉，她嚇壞了，忙來通報。

這裡看到江南文化對北方游牧生活的不了解，其實湘雲是要烤鹿肉吃，鳳姐、李紈擔心，趕到現場，湘雲已經囑咐老婆子準備了「鐵爐、鐵叉、鐵絲蒙」。這三樣東西，今天常烤肉的年輕人都不會陌生，從中國東北橫過蒙古、新疆、吉爾吉斯，一直到歐亞交界的土耳其，這種用鐵叉串生肉在鐵絲網架上烤肉的場景，都普遍平常。

賈府顯然有現成的Bar-B-Q器具，吃烤肉應當是家族一種飲食習慣，史湘雲的「小騷韃子」個性只是恰好帶出了這一線索而已。

湘雲吃得開心，要寶琴一起吃，寶琴笑著說：「怪髒的。」南方生活與北方習慣形成了對比。

平兒也加入烤肉，林黛玉嘲笑說是「一群叫化子」。湘雲回答得好：「『是真名士自風流』，你們都是假清高，最可厭的。」

十七

冬天，一個夜晚

這個叫寶玉的少爺，會如此心疼一個丫頭，怕她凍壞了，要她鑽進被子暖和。
丫頭也覺得理所當然，二話不說就往被窩鑽。
麝月旁觀，也覺得應該如此，只是罵晴雯不知天高地厚，外衣不穿就要跑出去。
那個冬天，一個夜晚的故事，讓我著迷。

晴雯是《紅樓夢》裡寫得極好的一個人物，她的片段故事像「撕扇」、「補裘」都被大量討論，也編成戲劇，成為舞台上亮眼的傑作。

晴雯的確是個充滿戲劇性的角色，我很喜歡的片段卻是第五十一回，一個冬天夜晚的故事。

第五十一回寫襲人因為母親病重回家，怡紅院少了穩重妥貼的襲人照顧，大家都不放心。王熙鳳囑咐上夜的老嬤嬤，也囑咐大丫頭麝月、晴雯，要好生照看寶玉起居。王熙鳳說得有趣：「別由著寶玉胡鬧。」

顯然在許多人眼中，寶玉還是個孩子，有孩子氣的頑皮。然而比他年齡大兩、三歲的麝月、晴雯，何嘗不是孩子，何嘗不愛「胡鬧」？

襲人不在，幾個孩子就像少了大人管教約束，在大雪寒冷冬夜，放肆地玩起來。晴雯也因此受了風寒，生了一場病。

這一場戲，一開始是麝月忙著給寶玉鋪床，晴雯圍坐在薰籠旁取暖。麝月看了說：「別裝小姐了，我勸妳也動一動兒。」

晴雯常給人不做事的印象，養著長長的指甲，用鳳仙花染紅，整天歪在床榻上，不像一個勤於幹活的丫頭。

麝月要晴雯站起來，把穿衣鏡的套子套上，上頭的划子划上。麝月說：「妳的身量比我高些。」

寶玉的房裡有等身高的歐洲進口大穿衣鏡，傳統富貴人家怕孩子晚上被鏡子裡的人影嚇到，入眠前都要套上套子，遮起鏡面。

晴雯抱怨說：「人家才坐暖和了，妳就來鬧。」嬌嗔撒賴，晴雯這樣的個性，在現實生活裡可能讓人嫌厭，卻被作者寫得如此真實可愛。

更有趣的是小主人寶玉，碰到一個這樣驕縱的丫頭，卻不以為忤，反而起身自己動手去放下鏡套，划上插鞘。寶玉一點沒有動怒，笑著跟兩個女生說：「妳們暖和罷，我都弄完了。」他是天生來疼愛女孩兒的菩薩。

《紅樓夢》顛覆了人間秩序，儒家強調的主僕尊卑，作者都不在意。他相信有比世俗秩序更高的人性秩序，不是外在的紀律規範，而是找到每一個人內在的心靈秩序。

看起來自私又懶惰的晴雯忽然說：「終久暖和不成，我又想起來，湯婆子還沒拿來呢。」

「湯婆子」是一種暖水袋，我童年還用過，冬天寒冷，把熱水裝進金屬或塑膠的容器，外頭包了毛巾，塞在被窩靠腳處，可以取暖，第二天早上也用湯婆子裡的熱水洗臉。

寶玉沒有把奴婢當奴婢，晴雯也沒有把寶玉當主子，他們只是遵守著人性的秩序，也因此難以被世俗了解吧。

大家都睡下了，深夜時分，寶玉睡夢裡習慣性地叫襲人。晴雯睡在外間，聽到寶玉叫人，她醒了，心直口快地笑罵麝月：「連我都醒了，妳守在旁邊還不知道，真是挺死屍的。」

麝月其實沒有睡著，翻身笑著說：「他叫襲人，與我什麼相干！」

這些青少年的世界天真而無心機，有小小的爭吵，有大人看起來的「胡鬧」，但也都有真正人與人的溫暖關心。

麝月起來給寶玉倒茶，穿的是紅綢小襖內衣，寶玉怕她受寒，就要她披上自己的「貂皮煖襖」。

麝月披了貂裘，先用燙水溫了杯子，涮一涮，倒掉水，再給寶玉斟茶。晴雯抱著薰籠，又撒起嬌來，要麝月也給她斟一杯。麝月罵著說：「越發上臉兒了！」罵歸罵，麝月還是給晴雯倒了一杯熱茶。

我喜歡這些十五歲上下的青少年，他們像今天的國、高中生，生活在一起，吵吵鬧鬧，沒有心機，如此一清如水。我讀《三國》，嘆息搞政治的人要花這麼多時間用盡心機，爾虞我詐；讀《水滸》，也常常讀到心驚肉跳，一人砍殺另一個人，開膛破肚，連眼睛都不眨一下。

我有我的偏執吧，覺得一個民族幸好還有一個「大觀園」，留給一清如水的孩子們一片淨土。然而，我也不知道這些孩子長大了要怎麼辦，或者，《紅樓夢》的作者根本不要他們長大，他們就像林黛玉在花園裡埋葬的「花塚」，只活過一個花季，記憶著一個花季的繽紛。在花園一個角落，埋葬了青春，走出園子，沒有地方容得下如此潔淨天真的青春吧。

麝月倒完茶，便說：「你們兩個別睡，說著話兒，我出去走走回來。」她披著寶玉的貂裘，開門出去看月色。

晴雯頑皮，從被窩裡跑出來，也不添衣服，躡手躡腳地要去嚇唬麝月。寶玉忙阻攔說：「凍著不是玩的！」

晴雯膽大，頑皮起來什麼也不顧，罵寶玉「蝎蝎螫螫」，像老太婆。然而一走出去，被窩裡的熱身子被風一吹，「侵肌透骨」。

寶玉高聲叫著：「晴雯出去了！」阻止晴雯再受寒，但已經來不及了，晴雯受寒氣侵體，一下子臉都燙起來。寶玉藉口要晴雯替他「掖」被子，順手一摸晴雯，手冷如冰，就叫晴雯趕緊鑽進被子「渥一渥」。

麝月回來，看到晴雯鑽在寶玉被子裡，知道她方才穿內衣就要跑出去，罵道：「妳死不揀好日子！妳出去白站一站瞧，把皮不凍破了妳的！」

我把這一段畫面停格移到現代，台北豪宅裡，一個十五歲左右國中生小主人，跟大幾歲的傭人鑽在被子裡，別人看見了，小主人說：怕她冷，給她「渥一渥」。

不知道現代人能夠相信這天真無邪的故事嗎？

讀《紅樓夢》，與現代一對比，直覺不可思議。這個叫寶玉的少爺，會如此心疼一個丫頭，怕她凍壞了，要她鑽進被子暖和。丫頭也覺得理所當然，二話不說就往被窩鑽。麝月旁觀，也覺得應該如此，只是罵晴雯不知天高地厚，外衣不穿就要跑出去。

那個冬天，一個夜晚的故事，讓我著迷。那個寒冷的夜晚，「心比天高，身為下賤」的晴雯，記得被窩裡依靠在一起的體溫吧。他們什麼也沒有做，然而後來晴雯還是被趕出了賈府。大人們都不會相信，他們天真無邪，一清如水。

我們的心思裡少什麼，有時會讀不懂《紅樓夢》。

十八

晴雯的指甲

一位新來的醫生，進了一個花團錦簇的房間，大紅繡幔深垂，
看不到病人，單單看到繡幔裡伸出一隻手，手指上養著兩根三寸長的指甲，
指甲上是金鳳花染得通紅的痕跡。晴雯的美，晴雯的驕矜，
晴雯生命裡如此熾烈、寧為玉碎的熱情都呼之欲出了。

記得林語堂寫過一篇短文〈論晴雯的頭髮〉，大意是寫晴雯妝扮不夠正派，沒有遵照傳統良家婦女規矩，頭髮沒有梳整齊。賈寶玉的母親王夫人突擊檢查兒子的房間，一一查看兒子身邊的丫頭，看哪一個是「狐媚子」，會勾引帶壞兒子寶玉。

晴雯當時受了風寒，正在養病，突然從病床上被拉起來，頭髮衣衫來不及整理，立刻被王夫人看到，認定她就是勾引兒子不學好的「狐媚子」，不容分說，晴雯被攆出了賈府，哀怨淒慘，病死在家裡。

王夫人出身名門，又嫁進豪門做正室夫人，但是她有「丫頭恐懼症」。她自己的丈夫賈政就搞上兩個丫頭，成為「姨娘」，也就是一般人說的「姨太太」。丫頭升格成為妾，是做為原配正室的王夫人潛意識裡最大的威脅。王夫人管不到自己丈夫搞丫頭，就把潛意識裡對丫頭的恐懼，轉移到監視自己兒子身旁的丫頭們。

賈寶玉還是個青少年，十四歲上下，剛剛發育，對愛情和性有好奇，但都還懵懂模糊。他跟丫頭金釧調笑玩鬧，金釧就被王夫人認為是狐狸精，趕了出去，金釧不堪受辱，跳井自殺而死。

王夫人安排了穩重的丫頭襲人在寶玉身邊，襲人安靜守分，她就是每天頭髮梳得一絲不亂的正派典型吧。王夫人信任她，她有時也扮演「特偵組」的角色，在王夫人面前打小報告，暗示某些丫頭有問題。

王夫人把襲人當成可靠的眼線，做為遙控兒子行為、約束防範其他丫頭的工具。但是做母親的不知道，跟寶玉上床，早就玩了性遊戲的丫頭，正是襲人。

林語堂可能慨嘆，華人儒家社會喜好以外貌評論人的道德，其實常有誤判。人性複雜，頭髮梳得一絲不亂，並不表示心裡規矩。

但是人的外貌當然是重要的印象，是不是「狐媚子」，時至今日，我們的社會也還是像王夫人，常常如此用外貌判斷善惡吧。

晴雯高傲，她我行我素，不跟世俗妥協，是極有個性的少女。

襲人剛好相反，圓滑內斂，不張揚驕矜，很懂得保護自己，處心積慮給自己安排好出路。襲人有點像台灣諺語說的「惦惦吃三碗公」那種人，不吭聲，什麼都做了。

晴雯任性跋扈，但心地卻極好，她在病中為寶玉「補裘」，通宵做苦工，做到凌晨，身體不支昏倒，無怨無悔，情感熱烈動人。然而，在一個習慣處處以偽善道德評論別人私生活的社會，高傲任性的晴雯自然是要倒楣了。

晴雯受辱死亡前，作者寫了她的生病，寫了她在病中美到驚人的畫面。晴雯，一個丫頭，能夠在充滿壓抑的卑屈環境裡，大膽活出自我。作者筆下的晴雯，美到傾城傾國，美到天地為之低昂，因為她活出了完整的自己。

第五十一回醫生給晴雯探脈，在書裡僅只兩三行篇幅，卻寫出了晴雯逼人的美。作者寫的不是頭髮，而是她三寸長金鳳花染紅的兩根指甲。

晴雯生病，依照賈府慣例，怕主人受感染，是要攆回家去住的。寶玉當然不忍，他知道丫頭家都窮，不夠暖，也無力延醫診治。寶玉因此偷偷把晴雯藏在屋裡，趕緊找人去請醫生來看病。晴雯知道規矩，要寶玉還是跟負責管理大觀園的李紈通報一聲。

賈府中有人生病，都是請太醫來看，那一天剛好常來的王太醫有事，就請了一位新的醫生。

這新醫生也不知道給誰看病，只看到三、四個老嬤嬤放下暖閣的「大紅繡幔」（這一場戲寫得像電影畫面，好大陣仗），年輕醫生有點看傻了，又見到紅色繡幔裡伸出一隻手，那隻手上有兩根指甲「足有三寸長」，「尚有金鳳花染得通紅的痕跡」，這醫生趕緊回過頭來，不敢多看。一個老嬤嬤才拿了手帕把晴雯的手遮掩了。

這麼寥寥數行文字，晴雯的美，晴雯的驕矜，晴雯的「心比天高」，晴雯生命裡如此熾烈、寧為玉碎的熱情都呼之欲出了。作者不是在寫丫頭，他在寫晴雯尊貴的自我。

看到這一段，很同情這一位新來的醫生，進了一個花團錦簇的房間，大紅繡幔深垂，看不到病人，單單看到繡幔裡伸出一隻手，手指上養著兩根三寸長的指甲，指甲上是金鳳花染得通紅的痕跡。

這新來的醫生要診脈，他的手指搭在這樣一隻繡幔外的手腕上，要細聽脈搏呼吸，寸、關、尺，細細的脈搏連接著看不到的五臟六腑，要在那麼細微的脈動裡，聽到一個肉體最深處的體溫湧動。

新來的醫生像是陷入一種肉體的激動中，他竟安定不下來，調不好自己的脈息，糊里糊塗開了藥方。

這一場戲這麼短，卻使人看過後難以忘記，畫面如此鮮明，色彩、觸覺、體溫、氣味，都這麼細微。然而看不到人，在沒有視覺的玄想裡，這新醫生如入五里霧中，看完了病，走出房間，他還在猶疑：剛才繡幔裡的病人到底是「小姐」，還是一位「爺」？

《紅樓夢》作者彷彿陷入自己青少年時的回憶，一個寒冷的冬天，一位醫生，一隻長指甲染紅從繡幔裡伸出的手，他自己也像那位醫生，被大紅繡幔裡的長指甲嚇到了，呆住了，然後才發現一張藥方上亂開的藥。

十四歲的青少年猛然醒了過來，他說：「該死，該死！」發現藥方上的「枳實」、「麻黃」都是猛藥，體質柔弱的少女是用不得的。

寶玉因此又請了老年有經驗的王太醫來，果然藥量都減，也沒有了「枳實」、「麻黃」。

小小一段，那兩根金鳳花染紅的三寸指甲，讓人怵目驚心。而那兩根指甲，晴雯肉體上最珍惜的部分，正是她受冤屈臨死前咬斷交到寶玉手中的遺物。

十九

補裘

女媧耗盡力氣「補天」，晴雯耗盡力氣「補裘」。
「補」，貫穿《紅樓夢》，從神話到人間，彷彿生命無怨無悔，要修補破損殘缺。
無論是修補一件物品的破損，或彌補人世間情感的破損，
《紅樓夢》裡「補」的概念，從女媧貫穿到晴雯，隱喻深刻動人。

《紅樓夢》第五十二回的「晴雯補裘」是精采的一個片段，常被單獨抽出來討論，也改編成戲劇。

《紅樓夢》一開始有「女媧補天」的神話，天空破了一個大洞，女媧煉五色石來把天上的破洞補起來。

第五十二回，賈母把俄羅斯進口的「雀金裘」給了寶玉，那件大氅「金翠輝煌，碧彩閃灼」，如此珍品，收藏數十年捨不得用，賈母年邁，似乎也領悟了東西不用才是浪費。寶玉得此「雀金裘」，當然很高興，第一天就穿出去應酬，結果不小心，後襟燒破了一個洞。寶玉唉聲嘆氣，怕賈母知道不高興，想趕緊連夜把洞補起來。

「雀金裘」是用孔雀羽毛加金線織成，織法特殊，最能幹的裁縫看了也不知如何縫補。晴雯正在病中，頭痛發燒，嗅了寶玉的西洋鼻煙，打了幾個噴嚏，又貼了西洋「依弗哪」治頭疼的膏藥，正在靜心休養。知道寶玉為衣服破洞著急，晴雯還是口不饒人，罵了寶玉一句：「沒那福氣穿就罷了！」

她嘴巴雖罵人，心頭卻比任何人都熱。晴雯手工極巧，沒有人比得上她。她也知道，除了自己賣命，沒有人能「修」「補」這件稀罕名貴衣物上的「破洞」。

晴雯重病中，硬撐著修補「雀金裘」的破洞，用「界線」的方法，分出經緯線，再用金線界密，織補到天明，再把線刮鬆，竟然可以遮掩過去。然而晴雯也精力耗盡，累到昏倒。

「補」是修補，是對物質破損殘缺的修理、彌補。女媧耗盡力氣「補天」，晴雯耗盡力氣「補裘」。「補」，貫穿《紅樓夢》，從神話到人間，彷彿生命無怨無悔，要修補破損殘缺。

無論是修補一件物品的破損，或者彌補人世間情感的破損，《紅樓夢》裡「補」的概念，從女媧貫穿到晴雯，隱喻深刻動人。

在我們生活的時代，因為富有，因為消費成為習慣，越來越沒有「修補」一件物品的機會了吧。晴雯的「補裘」，卻喚起我童年時代許許多多「修補」的記憶。

我的童年總是看到家家戶戶的婦女忙著縫縫補補，「補」最早的概念是跟衣服連結在一起的。小孩喜歡爬樹，在地上磨蹭，拉拉扯扯，衣褲都容易破，手肘膝蓋部位最是容易破洞。衣褲破了，並不因此就丟掉，另外買新的，所以做母親的就都有一手「修補」的好功夫。

家裡總有許多舊衣服上裁下來的「零頭布」，存放著，有衣服破了，就從「零頭布」裡挑出相近似的布料，依著破洞的大小縫補起來。

我的童年，台灣五〇年代，街頭上的孩子多穿著有「補丁」的衣褲。手肘上有補丁，膝蓋上有補丁，屁股處也有補丁。「補丁」成為一個時代的童年記憶，而記憶裡那些「補丁」都是極精細的手工。

我長大以後，看到進口的美國牛仔服裝，膝蓋處「補」一塊牛皮，手肘處「補」一塊牛皮，特別帥氣。原來牛仔的生活，一定也容易磨破衣褲的手肘膝蓋，久而久之，「補丁」成為裝飾，形成一種服裝風格。

還有孩子們的襪子，前腳趾、後腳跟也特別容易破洞，補不勝補，母親最後想了一個法子，凡新買來的襪子，都先在腳趾、後跟部位用布縫「補」加厚，先做預防。

我中學時台灣女性流行穿玻璃絲襪，透明尼龍細絲的長襪，絲襪細緻，指甲一刮就破洞。破了捨不得丟棄，街頭巷尾就出現許多專門修補玻璃絲襪的行業，把絲襪破處繃在一個圓筒上，師傅低著頭專心一針一針地細細織補。

我的童年還看過挑擔子修補陶瓷碗盤、修補鐵鍋的特殊行業。連盤、碗、鐵鍋破損都捨不得丟棄，想盡辦法去「修補」，或許是當時經濟社會生活習慣形成的觀念吧。

這些「補」東西的畫面，現在看不到了。因為窮，買不起新的，可能是一種遺憾。但是因為富有，一有破洞就丟棄，失去了「補」的耐心與珍惜，會不會也是一種遺憾？

現代城市最怵目驚心的就是「垃圾」。一九七〇年代，台灣還沒有那麼富裕，還保有「修補」的習慣，「垃圾」還不多。我初到巴黎，夜晚逛街，嚇了一跳，驚訝怎麼家家戶戶丟出那麼多「垃圾」。

「垃圾」就是沒有耐心「修補」的物質吧，當時台灣去的朋友習慣夜晚在巴黎「撿垃圾」。可以撿到完好的桃花心木書桌，只抽屜把手螺絲鬆了，撿回來鎖好螺絲，一張扎實漂亮的十九世紀新藝術風的家具令人驚豔。

東西破損了就去買新的，破損了就丟棄，不用費心修補。我們失去了「修補」的能力，也失去了「修補」的耐心。

如果是今天，寶玉不會在意「雀金裘」破了洞，晴雯也不會在意要在重病中拚了命去「補」一件衣服上的洞吧。

走在七〇年代巴黎的街頭，常常會看到類似普魯斯特《追憶似水年華》裡寫到的一張穿衣鏡。橢圓形，手工木拱、嵌合、接榫，精細完美，鏡面水銀有一個角落年久泛黑，鏡子裡反映出繁華的巴黎。我彷彿在那五光十色的繁華裡，看到一個默默走遠的孤獨人影，她，不想再花時間修補一張鏡子，她，或許也不想再花時間修補在鏡子裡有過一顰一笑的歲月。

她走遠了，我卻在想「補裘」的故事。如果一件物品可以輕易丟棄，那麼人與人之間，是不是也越來越少了「修補」的耐心？

「物」如果輕易就成了「垃圾」，「人」是不是也可以很輕易就成了「垃圾」？

《紅樓夢》的作者相信生命是有許多破損缺憾的；對作者而言，生命最深刻的記憶，彷彿也就是不斷對破損缺憾的「修補」。

三十

烏進孝

烏進孝只是真實呈現了一種地主與佃農的關係：
地主想多要一點，佃農想少給一點。
《紅樓夢》的精采正是它守住文學的本分，只呈現現象，沒有僭越，
沒有使文學誇大到彷彿任何事都可以判斷。

《紅樓夢》第五十三回，出現一個賈府在黑山村田莊的佃農莊頭烏進孝。

清代旗人貴族都有旗下的田莊，由佃農耕種經營，每年固定繳交田租。貴族官僚委派可靠的「莊頭」，負責管理佃農的工作生產，負責收租上繳，等於是貴族派在田莊的代理經紀人。

這一類的莊頭，下面要負責管理可能數目龐大的農民，上面要取得田產擁有者的信任委託。每一年的收成，一方面要餵飽養活實際勞動耕作的佃農人口，一方面又要滿足田莊主人可能予取予求的貪婪，其實常常是兩面不討好的角色。

賈府要過年了，貴族奢華生活龐大的開銷，都要從各個田莊的繳租來分擔。第五十三回裡，賈珍正忙碌於過年要開宗祠祭祖，除夕夜宴，禮物收送應酬等事，忽然有人通報：「黑山村的烏莊頭來了。」

賈珍回了一句：「這個老砍頭的，今兒才來！」

「老砍頭」用得好，像今天人說的「該殺的」，但更有力道。賈珍說「今兒才來」，很鮮活地表明了他等候多時，可見賈府過年，多麼依賴這些田莊上送來的東西。

賈珍看了烏進孝呈上來的紅色稟帖，上面有烏進孝鄉下農民「金安」、「加官進祿」等等粗俗又直接的請安祝福句子。當然，賈珍更重視的是稟帖之外詳細的帳目單子。

記得在上一世紀後半葉，中國以階級革命取得政權，強調工農兵專政，強調階級鬥爭，強調階級之間的剝削關係。《紅樓夢》這一張佃農過年交租的密密麻麻的帳單，就成為極受重視的文獻，被當時的文人學者不斷重複引用論述，用來證明封建社會貴族大地主對農民的欺壓剝削。因為這一張詳盡的田租帳目，《紅樓夢》一夕之間似乎變成了階級革命的先知先覺者。

優秀的創作者不急切於對現象下結論，往往冷靜觀察，細細娓娓道來，不知不覺間，使一個時代的種種現象，透過創作，成為永恆的文獻。

相反的，誇大自我中心的書寫者，因為急於下結論，只發洩自我情緒，時間一過，滿篇滿紙的「階級仇恨」，除了虛誇矯情的空洞語言，什麼也沒有留下來。

《紅樓夢》的作者，為什麼會在五十三回如此詳盡記錄一張田莊交租的帳單，真的是為了「階級革命」留下資料嗎？我們且看看這張帳目單子：

大鹿三十隻，獐子五十隻，狍子五十隻，暹豬二十個，湯豬二十個，龍豬二十個，野豬二十個，家臘豬二十個，野羊二十個，青羊二十個，家湯羊二十個，家風羊二十個，鱘鰉魚二個，各色雜魚二百斤，活雞、鴨、鵝各二百隻……

只讀了帳目的開頭，大概已經感覺到，作者不厭其詳地細述內容的目的，絕不是為了「階級鬥爭」。喜歡「鬥爭」的人，通常都沒有如此耐心，委婉地把細節交代清楚。目的性太強的書寫，一下子就進入結論，因此反而留不下客觀的文獻資料，也留不下深沉的反省。

這一張帳單上洋洋灑灑，後面還有熊掌、鹿筋、海參、對蝦，有榛、松、桃、杏等各種乾果，有銀霜炭等各種不同性質的木炭燃料，有御田胭脂米等各種不同品質的穀米，還包括了給貴族少爺小姐玩賞的寵物珍禽，如野兔、錦雞。

賈珍看完帳目，叫烏進孝進來。烏進孝趴在地上磕頭請安，賈珍問他好，問他從黑山村來，走了多長時間。烏進孝回答：「今年雪大，外頭都是四五尺深的雪，前日忽然一暖一化，路上竟難走得很，耽擱了幾日，走了一個月零兩日……」

烏進孝當然是為自己來晚了開脫，田租年禮交晚了，怕主子怪罪，氣候不好而延誤路程，是最好的說詞。

賈珍因此放下「遲來」的怪罪，卻還是不放過對帳目單子上所列數字的不滿意。他說了一句難聽的話：「你這老貨，又來打擂台來了。」

「打擂台」是耍花招、弄虛頭的意思，烏進孝一聽，主人對上繳的田租不滿意，怪罪下來，事態嚴重，「忙進前了兩步」，要向主人解釋。

烏進孝是老莊頭，多年跟主人周旋，精於此道，也有「打擂台」的本事。他解釋那年的氣候，從三月就一直下雨，一直下到八月，烏進孝誇張地說：「九月裡一場碗大的雹子，方圓左近二三百里地方，連人帶房，並牲口糧食，打傷了上千上萬的。」

烏進孝為自己繳租的數目太少講了理由，結尾時特別強調：「小的並不敢說謊。」文學的有趣，正在於即使身為讀者，其實都無從判斷烏進孝有沒有說謊。

階級鬥爭的鼓吹者當然抓住這一段，證明中國傳統封建社會階級剝削的嚴重事實。但是我們可能忽略了，一本好的小說，只呈現書中人物的角色，並不去論斷這一角色語言的真實與否。

烏進孝只出場一次，出場時間很短，他是一個本分老實的農民，還是一個老奸巨滑的莊頭，作者沒有下武斷的結論，讀者因此無從判斷這角色口中說的是實話還是謊話。《紅樓夢》的作者自己也無從判斷烏進孝的是與非。烏進孝只是真實呈現了一種地主與佃農的關係：地主想多要一點，佃農想少給一點。

《紅樓夢》的精采正是它守住文學的本分，只呈現現象，沒有僭越，沒有使文學誇大到彷彿任何事都可以判斷。

烏進孝可能被不同政治立場的人利用，用來說農民的可憐，或者用來說農民的刁滑。然而烏進孝就是烏進孝，作者不擅自揣測他的是非，也不讓讀者有機會揣測他的是非。

他在《紅樓夢》裡就是烏進孝，是老實，還是奸詐？讓人摸不著頭腦，但真是好看，也才耐人尋味。文學霸道地說太多自己的主觀，自然就不好看了。

二十一

趙國基死了

趙國基如果是「舅舅」，為何看到親外甥賈環要立刻站起來，畢恭畢敬？
探春清楚指出趙家是世代奴才，生了少爺、小姐，也改變不了奴才身分。
《紅樓夢》大膽挑戰了華人社會虛偽的倫理。

《紅樓夢》第五十五回裡，說到一個叫趙國基的人死了，相信大部分讀者不太會記得「趙國基」何許人也。

這段故事要從王熙鳳生病開始說起。王熙鳳負責管家，恃強好勝，精於算計，心力虧損，懷胎後流產，添了「下紅」之症，必須摒除一切雜務，靜心休養。

賈府像一個大企業，幾百人口，收支管理，全靠王熙鳳這一個能幹的經理人。王熙鳳一生病，榮國府一時就沒有了秩序。

王夫人沒辦法，要大媳婦李紈代理。李紈是一個好好先生，仁弱寬厚，約制不了底下的人。王夫人只好又要三女兒探春協助，共同料理龐雜的家事。

探春十四歲上下，只是今天一個國二、國三學生，但是她聰明能幹，遇事冷靜細密，嶄露了她平日一般人看不到的管理才華。

一個好好先生李紈做代理總經理，一個未出閨閣的十四歲小姐探春做副總經理，可以想像虎視眈眈的老家人、老員工要如何欺負她們了。

探春管事，處理的第一件棘手事就是趙國基的死亡。

趙國基大家可能不熟，但是他有一個姊妹趙姨娘，卻是大家熟悉的人物。

趙國基、趙姨娘是親生兄妹，他們是賈府世代的奴才，書裡叫「家生子」。賣身的奴隸，生下的孩子也是奴隸，世世代代的奴隸。

「家生子」地位卑微，比外面新買來的奴僕更沒有地位。例如襲人是新買來的丫頭，她的母親死亡，賈府補貼四十兩銀子；但是趙國基是世代奴隸的「家生子」，他死了，喪葬費用按規定就只有二十兩銀子。

第五十五回，一個老管家吳心登的媳婦來報告，說趙國基死了，要李紈決定發送多少喪葬費用。

李紈於管理一事毫無概念，她說：「前兒襲人的媽死了，聽見說賞銀四十兩。這也賞他四十兩罷了。」辦事的吳家媳婦答應一聲，拿了對牌，就準備去支領銀子。

這時，探春這十四歲的副總講話了。她把辦事人叫住，阻止她去支領款項，先詢問她過去「家裡的」、「外頭的」奴僕喪葬費各是多少。

吳家媳婦其實都知道，她是老員工，擺明欺負新來的年輕經理，被探春一問，便想唬弄過去說：「這也不是什麼大事，賞多賞少，誰還敢爭不成？」

探春說重話了：「這話胡鬧。」

探春認為凡事有先例，也有規矩，不查清楚規矩，隨便辦事，以後如何管理眾人。

探春立刻要求拿舊帳來看，帳目上清清楚楚，「家裡的」喪葬費二十兩，「外頭的」四十兩，甚至連隔省遷葬等特例的六十兩都有詳細註記。賈府富貴四、五代，是建立在這樣嚴謹的收支管理上的。

帳目一查，探春立刻知道，這辦事的吳家媳婦不會不知道詳情，是存心要新主管當眾出醜。

要新主管當眾出醜，更大的原因是這死去的趙國基不是別人，正是探春的親舅舅。趙國基、趙姨娘都是世代奴僕。趙姨娘是丫頭，應該有一點姿色，被老爺賈政看上了，生了一個女兒探春，一個兒子賈環。丫頭升格成姨娘，地位還是卑微，趙姨娘又總惹事，讓大家討厭。

「姨娘」像代理孕母，生了孩子，孩子並不認她是母親。趙姨娘生了探春，探春叫她「姨娘」，探春的母親還是賈政的元配王夫人。

探春不認趙姨娘為「母親」，當然也不會認趙國基是「舅舅」。

趙國基死了，老管家的吳家媳婦故意給探春難題，趙國基是家生奴才，照規矩喪葬費是二十兩，如果探春糊里糊塗批了四十兩，底下的人就有話說，探春一上任就徇私違了法，以後更難管事。

探春機警，知道這辦事的老員工故意為難她。探春查舊帳，找出家規先例，讓存壞心要整她的吳家媳婦當場出包。整不到探春，卻讓探春當眾指責，臉上掛不住。

一個企業，一個大家族，底下的老員工都是最難惹的。得罪了他們，他們也不會讓新主管好過。

第五十五回精采的片段來了，探春喚「姨娘」的親生母親趙姨娘，跑到辦公大廳來大哭大鬧。

趙姨娘一向不知分寸，生了兩個孩子，探春又特別得人喜歡，一旦協理管家，這趙姨娘昏了頭，妄想自己親生女兒掌權了，可以為所欲為。

剛好碰到趙國基死亡的事，她也滿心以為探春會徇私給四十兩。沒想到探春年紀小，卻絕不徇私舞弊，剛剛上任，在眾人面前要立威信，更不能胡亂袒護家人，壞了規矩。

吳家媳婦一出去可能就通風報信，順便搧風點火，挑唆趙姨娘來大鬧公堂。

趙姨娘一把鼻涕一把眼淚，哭天搶地，說探春踐踏自己的親娘、親舅舅。

少年時看這一段，有點心驚肉跳，想像如果有一天自己辦公，忽然老娘闖進來了，當著眾人要公款花，不知要如何處理？

探春的故事，在今天還必然會發生吧，華人社會的親族利益輸送，被視為理所當然。有權有勢，難得不家族共同舞弊營私。

探春在辦公室，趙姨娘鬧得不像話，當眾嚷嚷，要探春這新主管「拉扯拉扯我們」。

李紈也糊塗，勸解趙姨娘說：「她滿心裡要拉扯，口裡怎麼說得出來。」探春一下子變了臉，嚴詞反駁：「誰家姑娘們拉扯奴才了？」

探春毫不留情地說出現實：她認的「母親」是王夫人，她認的「舅舅」是九省檢點王子騰。

她哭著說，趙國基如果是「舅舅」，為何看到親外甥賈環要立刻站起來，畢恭畢敬？她清楚指出趙家是世代奴才，生了少爺、小姐，也改變不了奴才身分。

《紅樓夢》大膽挑戰了華人社會虛偽的倫理。看第五十五回，常常會有爭議，我聽過不只一次有人批判探春對親生母親太過分了。

探春哭著說：「我但凡是個男人，可以出得去，我必早走了。」

三百年前，探春是最早覺悟要擺脫儒家虛偽倫理的青年人。

二十二

探春興利除弊

探春不只是刪除重疊的公費，刪除八兩銀子事小，得罪親屬事大。
探春改革的艱鉅，是在挑戰一個積弊已久、沒有自覺的民族
是否能擺脫親情瓜葛，真正建立「法治」。
探春是天真的，或許唯其天真，可以相信這樣的改革真能興利除弊吧。

第五十五回探春大義滅親，當著眾人，跟她親生母親趙姨娘翻了臉，劃清了界線。探春自此豎立了自己管理家務的威信，得以在協理家務期間做一系列興利除弊的改革。

林語堂看《紅樓夢》，最讚揚探春。語堂先生是頗受西化影響的文人，他生活在民國初年，也一定深知中國傳統家族親人的牽絆糾葛。君君臣臣，父父子子，整個華人社會像一個嚴密的家族牢籠，也常常形成一個共犯結構。每一個個人都不是獨自完整的個體，父親的兒子，兒子的父親，個人在這龐大嚴密的家族系統裡，很少有活出自我的可能。

每一個個人活著，都在顧慮牽掛親族家人的意見。「光耀門楣」或「有辱門庭」，都是家族的事。美其名為「犧牲小我」，但是，如果每一個個體是不完全的，所謂「大我」會是健康幸福的嗎？

《紅樓夢》書寫在傳統儒家觀念「以孝治天下」的顛峰時代，君臣父子的嚴密網絡牢不可破。作者突破了主流文化的桎梏，創造了探春這個個性鮮明的少女，顛覆主流價值。

當探春的親生母親趙姨娘要求徇私舞弊時，她嚴詞拒絕，與母親劃清界線。探春使林語堂讚歎，因為即使在現代，家族舞弊營私之事，大部分青年也還是沒有探春「劃清界線」的膽識氣魄。

每每看到華人官僚富商家族，父子夫妻聯手違法亂紀，家族常常都是共犯。華人社會誇耀「人情味」，誇耀不分是非的「和事佬」、「鄉愿」，沒有法律，沒有社會公義紀律。一直到今天，還是讓人覺得應該多有幾個「大義滅親」的探春吧！

在華人社會，青年要完成自己，第一個要過的關卡，是自己的家人父母。哪吒「割肉還父，剔骨還母」，把欠父母的骨和肉還掉，才開始有真正的自己。探春拒絕了親生母親趙姨娘，也才開始有了自己年輕生命的嚮往和作為。

探春是中國叛逆父母之神哪吒的後裔子嗣，身體裡流著從封閉的偽善道德出走的血液。

但是探春才十四歲，她可以獨力改革一個腐敗的家族累積了上百年的沉痾嗎？

第五十六回〈敏探春興利除宿弊〉，使人想到許多歷史上看起來轟轟烈烈的「中興」、「新政」，到最後多半不了了之，也才知道一個民族以家族為主、鐵鑄般牢固的營私舞弊系統，是多麼難以撼動。

探春是天真的，或許唯其天真，可以相信這樣的改革真能興利除弊吧。

看到第五十六回，探春一個小女孩的改革決心，讀著讀著就要熱淚盈眶，不禁想起一個民族歷史上多少改革者的悲劇下場。

第五十五回，有人來支領賈環、賈蘭的上學公費。探春剛被母親鬧過，哭了一場，重新整裝，她安安靜靜處理了跟母親劃清界線以後第一件興利除弊的事。

她問清楚，賈環、賈蘭的上學公費用來做什麼？支領的人說，用來買點心、紙、筆。

探春回答說，這幾個少爺，賈環每個月有二兩公費，由她母親趙姨娘領；賈蘭也有二兩，由守寡的母親李紈支領，「怎麼學裡每人又多這八兩？」我喜歡探春說的一句話：「原來上學去的是為這八兩銀子！」

小說裡數次提到這些少爺的所謂「家學」，裡面如何吃喝嫖賭，十歲到十七歲，一群貴族少爺富二代，包娼玩戲子，無所不為。用「公費」養的「家學」，正是藏汙納垢的所在。探春大概早已注意到這些假上學為名、胡作非為的兄弟們，享用這些重疊名目的「公款」是多麼浪費。

探春就事論事，把重疊的項目一下子刪除了。

華人社會裡，「就事論事」多麼不容易。這案件的改革牽涉到兩個探春親近的人，一個是賈環的母親趙姨娘，剛剛跟親生女兒大吵大鬧，想要多一點好處，一下子又刪去了八兩銀子，不會恨得牙癢癢的嗎？

刪去公費的第二個人是賈蘭，賈蘭的母親李紈此時就坐在探春身邊，現職是代理總經理，探春的頂頭上司。

讀者一定清楚，探春不只是刪除重疊的公費，刪除八兩銀子事小，得罪親屬（親嫂嫂、親生母親）事大。探春改革的艱鉅，是在挑戰一個積弊已久、沒有自覺的民族是否能擺脫親情瓜葛，真正建立「法治」，進入現代社會。

從另外一個角度思考，李紈、探春此時辦事都還是代理身分，真正負責管家的是王熙鳳。王熙鳳何等精明，她會看不出這龐大家族收支管理上的種種問題嗎？

如果王熙鳳看出收支的弊病，她為何沒有動手改革？

探春跟母親劃清界線的事，探春刪除賈環、賈蘭公費的事，平兒回去後，一一向臥病中的王熙鳳報告。王熙鳳連說了三個「好」：「好，好，好，好個三姑娘！」

王熙鳳又說：「我這幾年生了多少省儉的法子，一家子大約也沒個不背地裡恨我的。」

王熙鳳管家嚴格，知道家族榮耀幾代，已經腐敗，入不敷出，只有從節流一條來減省。但家族龐大，每個人都有私心，都想多貪一點，「減省」談何容易？為了一點改革，王熙鳳清楚自己已經招到全家上上下下怨恨。

臥病床上，流產失去一個男胎，有點惆悵感傷，王熙鳳跟貼身丫頭平兒說了真心話：「若按私心藏奸上論，我也太行毒了，也該抽頭退步。」

王熙鳳一方面讚揚探春了不起，一方面私心慶幸自己可以藉此機會脱身，把一家上上下下的怨恨擺脱。她很清楚，那些怨恨報復都會從此轉到探春身上，她用了「私心藏奸」四個字形容自己。

王熙鳳如此能幹精明，她還是無法改革，因為她有「私心」。中國的改革者大概要像探春一派天真，不知天高地厚，因此也常常死無葬身之地吧！

二十三

大觀園與現實世界

大觀園很美，但是大觀園是感傷的、頹廢的、揮霍的，接近易經的「損」卦。
探春使大觀園的「損」轉為「益」，也讓大觀園一個遠離紅塵世俗的淨土，
從不食人間煙火的世外桃源，第一次有了轉變，
成為貼近庶民百姓日常生活的現實世界。

大觀園是一片淨土，保護著一群青少年，無憂無慮地享有他們的青春。大觀園外面是大人世界的骯髒汙穢，是人與人的踩踏鬥爭。而這些青少年有一天也都要長大，也都要走出去，也都要面對大觀園外面的世界。

《紅樓夢》的作者如果是賈寶玉，他是不願意長大的。他拒絕長大，拒絕大人們強迫他面對的現實世界。大觀園裡青少年的年齡是曖昧的，過了多少年，多少個秋天、春天，送花神、賞雪，然而這些青少年好像總長不大，或者長大了，不多久又退了回去，還是一個孩子。

大觀園裡最徹底看清楚現實的可能是林黛玉吧。她曾經告訴寶玉，園子裡的花，擱在水裡，水在園裡是乾淨的，但水終究要流出園子去，能保證園子外面的水還是乾淨的嗎？

所以林黛玉不把花擱在水裡，不讓花隨流水流出大觀園。她用絹袋蒐集落花，把落花埋葬在土裡。她說：「日久隨土化了，豈不乾淨？」

大觀園一角有林黛玉埋葬落花的「花塚」——花的墳塚，也是她自己的墳塚。她清楚知道，自己不會活著出大觀園。她或許比賈寶玉更決絕，徹底拒絕大觀園外面的世界。

大觀園是象徵完美青春的國度，是中國文化裡少有的對青春的歌頌。

然而，他們都不要長大，長大是多麼慘傷的悲劇。

賈寶玉有許多動作行為是世俗不可理解的，他喜歡吃少女塗嘴唇胭紅的胭脂；他喜歡用史湘雲、黛玉洗過的水洗臉，水裡面有帶著體溫的肥皂的香味與滑膩；他看到鴛鴦，就貼近她，要聞嗅鴛鴦脖子上的香氣。寶玉許許多多看來近乎「病態」的行為，或許只是作者一再流著眼淚說：我不要長大。

他如此耽溺童年的氣味，耽溺鼻腔與口腔裡的甜香，耽溺身體上的溫度。他喜歡跟黛玉躺在一個枕頭上睡覺，喜歡史湘雲給他梳頭，史湘雲的手扶著他的頭，好像每一根被拉扯的髮根裡都留著他忘不掉的記憶。他耽溺在體溫、觸覺的回憶裡。

「都云作者痴」，「痴」是一種「病」吧。一種不願意長大的病，一種拒絕長大的病，一種拒絕知道成人世界的病。

大觀園裡有一個不為人知的「花塚」，是黛玉私下埋葬自己青春的墳墓。每一個長大的成人，心裡某一個角落，大概也都還留著一個青春的「花塚」。

不管一個人長到多麼大，經歷多少世故，糾葛在多少骯髒汙穢之中，人性變得多麼狡猾複雜、堅硬殘酷，然而《紅樓夢》的作者會不會相信：每一個最世俗鄙吝的人，心裡某個角落還有一個「花塚」？可能連自己也已經遺忘了好久，但或許一時偶然觸碰，那「花塚」還在，也許只有幾秒鐘，他知道自己青春過，活過，有過夢想，也有過堅持。

生命，只要是堅持，通常都帶著他人不容易知道的辛酸蒼涼。賈寶玉如此，林黛玉也如此。

大觀園裡積極奮發的生命是探春，她不感傷、不頹廢，她想帶動大觀園裡的生命正面看待自己的青春。她曾經發起過詩社，她對青春的渴望不是消極負面的，也不頹廢奢靡，她樂觀地建立自己青春的積極意義。探春雖然出身卑微，母親是丫頭出身的趙姨娘，常常惹事，常常給她難堪，然而她還是做好自己的本分，不因此自輕自賤，不因此放棄對美好生命的憧憬。

探春最大的行動，是在第五十六回代理管家職務時做的大力改革。她不顧親情情面，蠲除了所有賈府少爺每個月上學的重疊公費，蠲除了所有小姐丫頭每個月用來買化妝品、保養品的重疊費用。除此之外，她又開始構思如何讓大觀園這個美麗的園子，能有生產花果菜蔬的價值，一方面有利潤進益，另一方面也讓偌大的花園有專人專業的妥善管理。

好的管理，往往就是產業興盛發達、得以永續的主因。探春做的改革很簡單，一是「開源」，一是「節流」。好的管理，必然能看得到產業「損」與「益」的平衡關係。大觀園很美，但是大觀園是感傷的、頹廢的、揮霍的，接近易經的「損」卦。探春使大觀園的「損」轉為「益」，也讓大觀園一個遠離紅塵世俗的淨土，從不食人間煙火的世外桃源，第一次有了轉變，成為貼近庶民百姓日常生活的現實世界。

探春的管理學，常常讓人覺得可以做為今天公部門或企業的參考。

舉一個例子，她在興利除弊的改革裡處理了一件小事。她發現大觀園如此多的女性，每個人每月都有「月錢」二兩。「月錢」是固定薪水，除此之外，每個人又有專買脂粉頭油等化妝品的專款，也是二兩。這些專款多交由買辦出去外面購買，探春卻發現，買來的化妝品多是劣質貨、仿冒品，無法使用，只好個人又想辦法去買好的。探春說：「錢費兩起，東西又白丟一半。」

重疊花費，買來的東西又不能用，白白丟掉，這聽起來有點像我們公部門幹的事。看起來每個人重疊浪費的有限，但幾年下來，就可以把一個國家拖垮。

探春如果來整頓一下我們的公部門，不知有沒有用。

探春在節流之外，想到「開源」。她到賈府管家賴大家的花園看過，才知道那小小園子裡生產的鮮筍、魚蝦、花卉、荷葉，都有人包了去，一年有二百兩銀子的進益。

這其實就是BOT的做法，賴大是從大奴僕升到管家，他們是懂得經營的。探春用同樣的法子整頓大觀園，鮮筍、花朵、魚蝦、稻米、蓮藕、菱角、各類蔬果，除了玩賞，也都有了產業的價值。這是賈府唯一由頽敗轉興旺的機會，但是探春的改革真有可能成功嗎？

二十四

假鳳泣虛凰

學戲的女孩兒年紀小，但是從戲裡知道了很多人生。
假戲真做，一個好的演員，大概在戲台上才是真正的自己吧。
藕官在舞台上扮演男性角色，她身體還沒有發育，
卻已經經歷了無數次戲劇裡的愛恨纏綿，那些情愛纏綿都是「真的」。

《紅樓夢》裡關於男同性戀的關係描述很多，而女性同性間的愛情，在第五十八回裡才有具體敘述。如同回目說的「假鳳」泣「虛凰」，「假鳳」是指在舞台上反串男性小生的女孩藕官，愛上同性少女——舞台上演小旦的菂（音滴）官。

性別不只是一種生理現象，在人類的歷史中，性別與權力、階級、文化習慣相互糾纏互動，形成錯綜複雜的倫理。社會主流一直試圖用單一的價值固定性別關係，一夫一妻，一夫多妻，母系招婚，一妻多夫，各種型態的倫理制約，卻始終並不能夠確保這些「倫理」不被踰越、背叛或挑戰。

儒家的「倫理」長時間確定在一夫多妻的基礎上，形成社會的主流道德價值。違反此單一價值，就是「亂倫」，法律不容，道德也不容。

《紅樓夢》在儒家倫理最嚴密、固定、封閉的時代，在法律不容、道德不容的巨大黑牆上戳出許多「亂倫」的小孔，使人得以窺看性別的真相。而性別的真相，其實也常常是人性的真相。

《紅樓夢》一開始就有馮淵酷愛男色的故事，但他忽然迷戀上少女香菱，發誓結為夫妻，從此不近男人。馮淵沒幾天就被打死了，無法知道他的誓言是否做得到。一向只愛同性的馮淵，當然也有可能想藉著娶香菱，回到穩定、不受非議的主流價值。

「亂倫」是要有背叛主流世俗價值、特立獨行的勇氣的。

打死馮淵的富家子薛蟠搶了香菱，他好像愛異性，但不多久在學堂裡，他就拿錢包養學弟金榮，之後又丟開金榮，包養更小的兩個俊美學弟「香憐」、「玉愛」。薛蟠的性愛，特別證明著他無止盡的佔有欲望，與對方是男性或女性關係不大。他明目張膽的「亂倫」，依靠的是家族的財勢權力。

賈寶玉和秦鐘的同性戀關係是明顯的，但幾乎同一時間，寶玉的性幻想對象是晚一輩的姪媳婦秦可卿，真實肉體上發生性關係的是丫頭襲人。這個十三、四歲的少年，好像也還在摸索自己的性別，並不確定自己的性向。

賈寶玉比較心靈上的知己有女性的林黛玉，也有男性的北靜王。但心靈關係並不表示毫無肉體慾望；人類的性別，有時恰恰也可能是要藉肉體證明心靈的相近吧。

第二十七回裡，賈寶玉邂逅蔣玉菡，一個舞台上反串女角的俊秀少年。蔣玉菡解下繫內衣的大紅色「汗巾子」送寶玉，特別說是北靜王所贈，剛繫上身。蔣玉菡與北靜王的同性關係如何，也因為如此私密的一條內衣繫帶牽連了起來。

蔣玉菡後來又被忠順老王爺包養，還派人到賈府質問寶玉，要他說出蔣玉菡的下落，可見老年的王爺，也靠權勢財富佔有年輕男色。

這些不同層次的同性戀愛或性慾關係，在男性間蔓延，或愛，或性，都常常脫離不了世俗的權力階級關係。

《紅樓夢》的作者寫「情」，但他充分知道「情既相逢必主淫」，心靈的「情」與肉體的「淫」有千絲萬縷的瓜葛。

《紅樓夢》裡寫女性間曖昧關係寫得最好的是李紈，但也最不容易被發現。李紈是賈府大媳婦，結了婚，丈夫賈珠死了，生下一個遺腹子賈蘭。李紈二十歲上下，守寡，年輕的肉體不再有愛，也不再有性。她永遠灰撲撲的，身上沒有色彩，沒有亮光。住在大觀園的稻香村，連鮮豔的花都沒有。李紈像是活著就已經死去的身體，她總是讓人覺得沒有表情，沒有愛恨。

李紈有一次喝了酒，突然放肆起來，摟抱著丫頭平兒，渾身亂摸。李紈如此規矩，不一定清楚自己潛意識裡對平兒的同性之愛，讀者看到的是那麼年輕而荒涼的身體裡忽然蠢動起來的慾望。

李紈對平兒的愛慾隱晦曖昧，藕官對同性葯官的愛卻十分直接。

《紅樓夢》一開始，為了嫁到皇室的貴妃賈元春回家省親，賈府派賈薔到江南採買了十二名學戲的女孩兒，九歲到十一歲左右，大多是因為家裡窮，賣到戲班去學戲。貴妃省親，一兩天忙過了，這些女孩兒就養在大觀園，偶而賈府有大宴會才演唱一兩齣戲。

學戲的女孩兒年紀小，但是從戲裡知道了很多人生。假戲真做，一個好的演員，大概在戲台上才是真正的自己吧。藕官在舞台上扮演男性角色，她身體還沒有發育，卻已經經歷了無數次戲劇裡的愛恨纏綿，那些情愛纏綿都是「真的」。與她情愛纏綿的對手是飾演小旦的菂官，是舞台上的愛侶，也自然成為現實中的愛侶。

菂官病亡，然而在戲台上長期飾演菂官愛侶的藕官，卻忘不掉每一齣戲裡與菂官的愛恨糾纏。舞台上藕官是男子，菂官生前，藕官對她體貼入微，菂官死後，藕官為她燒紙錢。她（他）的愛，戲裡戲外，都是魂牽夢縈。

舞台戲劇裡的愛恨是如此真實的嗎？是可以比現實世界的愛恨更真實的嗎？對於藕官這十幾歲的少女而言，她真實的性別竟然是舞台上的「男性」嗎？

菂官死了，戲班子解散，藕官被分派到黛玉房裡做丫頭。暮春初夏，杏花飄零，她在花園燒紙錢悼祭菂官，被管理花園的老太婆發現，惹了大禍，要報知主人懲罰。幸好遇到寶玉，寶玉替藕官遮掩，逃過一劫。

寶玉聽芳官敘述，這兩個人「雖不做戲，也是妳恩我愛」，菂官死了，藕官哭得死去活來，「至今不忘，每節燒紙」。後來補了小旦蕊官，藕官也是一樣溫柔體貼，有人就批評她「得新棄舊」。藕官回答得好，像男子喪妻續絃，「只是不把死的丟過不提，便是情深意重了。」

賈寶玉這十四歲的少年，聽完這段故事，「又是歡喜，又是悲嘆」，要芳官轉達藕官不要再燒紙錢，他說：「只以潔淨，便可為祭。」

台灣要為「多元成家」立法，可以先多讀一讀《紅樓夢》這些故事。

二十五

這些官們

留在大觀園裡八個唱戲的女孩兒，她們都帶著舞台上的「我」，走入了現實。
她們的「心性高傲」、「口角鋒芒」，都是舞台上亮麗動人的生命姿態。
她們身上有戲劇的魔法，
然而，她們要卸下舞台上的肉身，到人間來受磨難了。

《紅樓夢》第五十八回，一位老太妃去世，國喪期間，一年不得筵宴看戲。官宦家都解散優伶，賈府也不例外，決定遣散唱戲的十二個女孩兒。

這十二個女孩兒，原是為賈元春回家省親預備的。元春是貴妃，看戲不宜有閒雜人等，不能隨便請外頭的戲班子。賈府因此由賈薔負責，到江南採買了十二個女孩兒，聘請教習老師，購置行頭，組成賈府專用的戲班子。

這個花費龐大、訓練嚴格的專業戲班，在貴妃回家時演了一天戲，就擱置不用了。十二個女孩兒安置在梨香院，日日練功練唱，卻不常演出。暮春時節，黛玉感傷落花飄零紛飛，遠遠飄來女孩兒的歌聲：「原來奼紫嫣紅開遍，似這般都付與斷井頹垣……」「則為你如花美眷，似水流年……」

《紅樓夢》的戲曲片段，像回憶裡的背景音樂，若有若無，若斷若續，若遠若近，迷離恍惚。

這十二個女孩兒，除了齡官個性強烈，其他女孩兒在五十八回以前，面目都十分模糊。齡官在貴妃面前，敢於違抗旨意，堅持「非本角戲不唱」。優伶戲子，身分卑微，齡官卻十分孤傲，不屈從敷衍權貴，有專業的堅持，有舞台上顧影自憐的華麗自負。

這些女孩兒，大多是因為家貧，被父母親人賣出來學戲。九歲、十一歲不等，學了戲，荒廢了現實生活的行業，也不會一般女孩兒的針黹女紅。養在花園中，自怨自嘆，荒廢著青春歲月。她們變成了自己唱的戲裡人物的魂魄，對大觀園而言，她們也彷彿若有若無，若遠若近。

一直到第五十八回，戲班子解散了，這些女孩兒才從她們虛幻的戲裡走回到現實，有了清楚的面目。

賈府解散戲班前，一一詢問女孩兒未來的打算，是否交還給父母，或者改習其他行業。

九歲、十一歲，唱了幾年戲，大概也都還是十五歲不到的孩子。在舞台上俐落鏗鏘，唱唸著腳本上的台詞，扮演著戲劇裡的角色，然而此時此刻，要演的卻是自己。要回到現實，說自己命運腳本裡的話語，她們好像一時就喑啞無言了。

賈府寬厚，雖然是買來的奴僕優伶，並不霸佔為私產，願意放棄賣身契約，無條件放這些女孩兒回家。然而詢問之後，卻有一大半不願意離開。她們有的已無親人，有的回覆說，父母窮，即使回家，也還是會被轉賣。賣到不好的人家，做奴僕、做妾，或打罵，或再賣，不會比留在大觀園好。

賈府無奈，只好把不願意離去的女孩兒分到各房去當差。名分上是丫頭，但是她們學戲多年，已經不會生活上的事，提水倒茶、刺繡縫洗都不行，養在房裡，也只是為「遣散」找一個下落吧。

一共有八個女孩兒留在賈府：賈母留下文官，正旦芳官給了寶玉，小旦蕊官給了寶釵，小生藕官給了黛玉，大花臉葵官給了湘雲，小花臉荳官給了寶琴，老生艾官給了探春，尤氏就要了老旦茄官。

五十八回以後，《紅樓夢》就多了這些唱戲女孩兒的故事。第一件就是分到黛玉房中的藕官，私自燒紙錢祭奠她的同性愛人菂官，惹了大禍。

這些名字裡都有個「官」字的女孩兒們，是非常特殊的一個族群。她們都是因為家裡窮困被賣出來的孩子，但是，《紅樓夢》裡所有的丫頭，如襲人、金釧，也都是出身貧苦低賤家庭，她們卻大多安分守己，做好丫頭的角色，對自己的命運不敢有野心，也不敢有太多非分的妄想。

這些戲班子的女孩兒，究竟有什麼不同呢？為什麼從五十八回開始，這些遣散到各房裡做奴僕的「官」們，不斷生出許多事端？

第五十八回，作者有一段描述——「文官等一干人，或心性高傲，或倚勢淩下，或揀衣挑食，或口角鋒芒，大概不安分守理者多。」

《紅樓夢》作者很少用個人主觀口吻說話，但談起這些戲班的女孩兒，用了「心性高傲」、「口角鋒芒」等等字眼形容，讀者一定讀得出言語中批評的意思。

然而有趣的是，《紅樓夢》的作者，有時是「賈寶玉」，有時不是賈寶玉。作者剛講完了批評文官等人的話，接下來一段就寫藕官在花園山石後面燒紙錢，祭奠同性愛人菂官，被一個婆子發現，大叫大嚷，要告訴主人嚴懲藕官。

此時病剛好的賈寶玉，一個十四歲上下的少年，極力保護藕官，用盡心機阻擋婆子告狀。他也知道，一個奴僕在花園燒紙錢，犯了主人的大忌諱。他因此編出一套謊言矇騙婆子，先說是燒黛玉的詩稿，但被婆子在紙灰中找出紙錢殘跡，混不過去，才又說是夜夢花神，要他找人燒紙錢，才能除病消災。

賈寶玉如果就是作者，他們有時又分裂成兩個角色。一個是從世俗看這些演戲的女孩兒，個個「揀衣挑食」、「倚勢淩下」；但是他忽然又轉為小說中的寶玉，他正是為了庇佑所有青春少女才來到人間的啊！賈寶玉不問情由，一味擋在兇惡的婆子面前，護衛藕官到底。

藕官是舞台上的「男性」，「她」無法從舞台轉回到現實身分。菂官是她舞台上的愛侶，假戲必須真做。《紅樓夢》的作者一直在詢問「假做真時真亦假」的矛盾辯證。藕官的性別，孰真？孰假？舞台上、現實中，孰真？孰假？作者、賈寶玉，孰真？孰假？

留在大觀園裡八個唱戲的女孩兒，她們都帶著舞台上的「我」，走入了現實。她們的「心性高傲」、「口角鋒芒」，都是舞台上亮麗動人的生命姿態。她們身上有戲劇的魔法，然而，她們要卸下舞台上的肉身，到人間來受磨難了。賈寶玉不忍，寫了她們割肉剔骨的痛。

舞台上的藕官一直是「男性」，割肉剔骨，她（他）還是回不到現實。

二十六

芳官洗頭

這何婆為芳官洗頭的事，鬧得怡紅院雞飛狗跳，罵了芳官，又動手打她。
一屋子人都看不過去，何婆卻難有反省，她整不成乾女兒芳官，
接下來就要把氣出在親女兒春燕身上了。
是因為「唯利是命」，生命就從「珍珠」變成「魚眼睛」了嗎？

梨香院唱戲的女孩兒被解散了，走了幾個，留下來的，分到大觀園各處去做丫頭。這些學戲的女孩兒，從小練唱、練身段，專業在做演員，生活上的倒茶、刺繡都不會。幸好各房的主人也不計較，不只寶玉、黛玉疼愛她們，連比較年長的丫頭如襲人、晴雯也都把她們當妹妹，真心地教導，做錯一些事也不會責罰。

這些女孩兒過去化了妝，在舞台上唱戲，飾演不同角色。比如分到寶玉房裡的芳官，舞台上演崔鶯鶯，是相府千金，青春華麗，沉湎情愛。她在舞台上嬌嗔繾綣，在舞台上顧盼生姿，在舞台上自傷自嘆，寶玉看過，黛玉也看過。因此，此刻派來做丫頭的芳官，還是帶著舞台上的嬌嗔華麗。看過戲的人，都還流連陶醉著舞台上的芳官，都不會為難現實生活裡忽然做了丫頭的芳官。

寶玉一味袒護著這些女孩兒，不讓她們受委屈，不讓她們吃苦。或許，對寶玉而言，她們都還是戲劇裡的人物，寶玉不要她們走入現實。寶玉知道，她們也是天上「太虛幻境」下來，有緣陪伴他玩耍幾年的同伴知己。

但是這些舞台上光鮮亮麗的女孩兒，還是要面對她們的現實。藕官不知天高地厚，為了祭奠同性愛人菂官，在花園裡燒紙錢，被管理花園的婆子抓到。舞台上的藕官，即刻陷入現實的殘酷恐怖之中。幸好寶玉見到，攔阻了婆子告發，救了藕官一命。然而，大觀園裡「婆子」無所不在，都能一一被寶玉阻攔嗎？

藕官之後，就有芳官撞在婆子手中，又罵又打，哭得死去活來。

這些婆子跟藕官、芳官都不合，吵吵鬧鬧，好像有深仇大恨。《紅樓夢》第五十九回解讀了這些「仇恨」的來源。

第五十九回，怡紅院一個丫頭叫春燕的，個性天真爛漫，在花園裡遇到藕官，閒來無事就問藕官：「前兒妳到底燒什麼紙？被我姨媽看見了，要告妳沒告成，倒被寶玉賴了她好些不是。」這姨媽心裡有氣，就一五一十跟春燕的母親告狀。

春燕的母親叫「何婆」，跟要告發藕官的婆子是姊妹。這些「婆」字輩的，都恨名字裡有「官」字的唱戲女孩兒。

春燕不解這仇恨的緣由，就問藕官：「妳們在外頭二三年了，積了些什麼仇恨，如今還不解開？」

春燕天真也善良，她不了解自己的母親、姨媽幹嘛老是要整這些唱戲女孩。藕官一被問到，心裡也有氣，就說了一堆。

原來戲班女孩初到賈府，因為沒有父母親人，除了學戲有老師教導，生活上無人照顧。賈府就給每個女孩都分配乾媽，負責料理女孩兒生活，結果這些做了乾媽的

「婆子」大多苛扣女孩兒的月錢。以藕官的說法，米菜的錢、買東西的錢、唱戲打賞的錢，都給這些婆子私下「賺」了去。藕官說：「她們不知足，反怨我們。妳說說可有良心？」

藕官罵的是春燕的親母親、親姨媽，春燕不好跟著罵，但她感嘆：「怨不得寶玉說：『女孩兒未出嫁，是顆無價寶珠；出了嫁不知怎麼，就變出許多不好的毛病兒來，雖是顆珠子，卻沒有光彩寶色，是顆死的了；再老了，更不是顆珠子，竟是魚眼睛了。』」

春燕又說，寶玉說的雖是「混話」，倒也不差。

我喜歡春燕，她雖是丫頭，氣度卻大，也明理。她母親是芳官的乾媽，姨媽是藕官的乾媽，這兩個婆子都慳吝苛薄。春燕清楚，自己親人如何虐待藕官、芳官，但她為難，自己母親做事如此不堪，惹人笑柄，她又不好表示意見。春燕就說了一個動人的故事給藕官聽。

春天鶯聲婉轉，乳燕呢喃，寶玉房裡的丫頭春燕，寶釵房裡的丫頭鶯兒、蕊官，黛玉房裡的丫頭藕官，就坐在柳葉渚旁。鶯兒「挽翠披金」，摘了許多嫩柳條，編成玲瓏精巧的籃子，又摘了許多花朵，編在柳條裡。

美麗的春天，四個青春少女在花園裡，然而春燕說了讓她難堪的「芳官洗頭」的故事。

芳官洗頭，寫在《紅樓夢》第五十八回裡。春燕的媽媽何婆是芳官的乾媽，每個月收了芳官的生活費，卻捨不得給芳官用。芳官要洗頭，這何婆不甘心，買了香皂、雞蛋、頭繩，就要自己女兒春燕先洗，洗剩的水再給芳官洗。春燕懂事，覺得這樣不好，就不肯洗。何婆又叫另一個女兒小鳩兒洗，洗過後才叫芳官洗，芳官就吵起來：「把妳女兒的剩水給我洗！我一個月的月錢都是妳拿著，沾我的光不算，反倒給我剩東剩西的！」

何婆被芳官吵嚷點破，惱羞成怒，就說了粗暴的話：「怪不得人人說戲子沒一個好纏的……這一點子屄崽子，也挑么挑六……」

婆子的話都很粗魯，她們最常用的罵人的話就是自己的性器官「屄」。這個字，因為這些婆子，在《紅樓夢》五十八、五十九回出現了很多次。

寶玉不平，就為芳官講了公道話：「她失親少眷的，在這裡沒人照看。賺了她的錢，又作踐她，如何怪得！」

春燕把這故事說給鶯兒、藕官、蕊官聽，自己也懊惱有這樣的母親，她也為芳官不平：「連要洗頭也不給她洗。」

這何婆為芳官洗頭的事，鬧得怡紅院雞飛狗跳，罵了芳官，又動手打她。一屋子人都看不過去，何婆卻難有反省，她整不成乾女兒芳官，接下來就要把氣出在親女兒春燕身上了。

第五十八、五十九回連著看，這些婆子有時令人啼笑皆非，作者說她們「本是愚頑之輩，兼之年近昏眊，唯利是命。」

花園歸婆子管，何婆和春燕姑媽看到鶯兒摘了許多柳條花朵來編籃子，看到這些可以賣錢的東西被「糟蹋」了，更是火冒三丈。何婆就一耳刮子痛打自己女兒春燕，罵道：「小娼婦，妳是我屄裡掉出來的，難道也不敢管妳不成！」華人社會，「屄」的管轄權這麼大。

是因為「唯利是命」，生命就從「珍珠」變成「魚眼睛」了嗎？還是這些婆子對「美」已經無知無覺了？

二十七

薔薇硝、茉莉粉

心裡有關心，怨恨就不會太苛毒，
心裡有所愛，也就不會自卑到時時忌恨他人。
這一天賈環特別可愛，他聞聞茉莉粉，也是噴香，
就跟彩雲說：「這也是好的！」

我喜歡看《紅樓夢》第六十回，用四樣生活裡的化妝品、保養品，串出複雜有趣的人際關係，帶出曲折的故事情節。這四樣東西是：薔薇硝、茉莉粉、玫瑰露和茯苓霜。

薔薇硝最早出現在第五十九回。那一天，寶釵春睏醒來，拉開帳子下床，作者用了一段極美的文字描寫：

春睏已醒，搴帷下榻，微覺輕寒，啟戶視之，見園中土潤苔青。

漢字對仗整齊，格律排比，好像寫外在節氣風景，人物的幽微心事卻也一一流露了。四字一句，閱讀的時間緩慢沉靜下來，感覺初春的睏倦，莫名的惆悵，因為清晨微雨，窗外花園地上「土潤苔青」。

那是春天微雨潮濕的季節，泥土濕潤，長出青苔，人的皮膚也因斑癬而敏感作癢。晨妝梳洗的時候，跟寶釵一起住的史湘雲覺得兩腮發癢，說怕是犯了「杏斑癬」，就跟寶釵要「薔薇硝」，用來止癢，保養肌膚。

「硝」是礦石，日常生活裡用來醃肉，淮揚菜裡就有一道「硝肉」，用硝使肉質柔軟有彈性，也可以保鮮。

「薔薇硝」是用薔薇花浸水薰蒸，取出花的汁液香精，連同花瓣一起曬乾，研碎成粉末，與銀硝礦粉混和，製作成藥用兼保養的化妝品，搽在臉上，可以止癢除癬，也可以潤澤肌膚。

從第五十九回來看，這種保養品在少女間用得很普遍，因為湘雲跟寶釵要，寶釵說都給了妹妹薛寶琴了，又說林黛玉配了許多，就要丫頭鶯兒去瀟湘館跟林黛玉要一些來。

分派在寶釵房裡的戲班女孩兒蕊官，因為在戲台上跟反串男性的藕官談戀愛，藕官此刻在瀟湘館做丫頭，蕊官想念她（他），就說要跟鶯兒一起去，一方面看看藕官，一方面陪鶯兒去取薔薇硝。

到了第六十回，春燕的媽媽何婆剛才得罪了鶯兒，寶玉就要春燕跟媽媽去寶釵處一趟，向鶯兒賠罪。春燕去了，正好見到蕊宮，蕊官剛得了薔薇硝，就包了一紙包，拜託春燕帶回去給好友芳官。

春燕還笑蕊官，怡紅院也有薔薇硝，春燕說：「巴巴的妳又弄一包給她去。」我喜歡蕊官的回答：「她是她的，我送的是我的。」

傳統戲班子的情感，現代人不容易了解。這些女孩兒因為家窮，賣到戲班，吃穿在一起，練功在一起，睡在一起，挨打受罵都在一起。沒有親人照顧心疼，只能彼此安慰溫暖，她們之間的情感，往往比兄弟姊妹還親。台灣早期隸屬軍中的劇團也還有這樣的傳統，彼此叫「哥」叫「姐」，跟以後的「學長」「學妹」意義不同。如今教育沒有傳統師徒的關係，上完課就各自走開，少了生活的體貼依靠，師兄弟姊妹間的深情自然也不會存在。

《紅樓夢》第六十回，很清楚看到這些叫做「官」的女孩子們，分到各房去做了丫頭，彼此還是如此想念，有一點好東西，都還惦記著要一起分享。

春燕拗不過，只好替蕊官把這一包薔薇硝帶回去給芳官。

春燕回到怡紅院，正好賈環來看寶玉。他們是同父異母的兄弟，寶玉漂亮、聰明、人緣好；弟弟賈環剛好相反，醜陋、小氣、自卑、畏縮，連丫頭也看不起他。寶玉、賈環並沒有什麼情感，但是賈府規矩大，弟弟還是要常去跟哥哥請安。寶玉不喜歡應酬敷衍，覺得無聊，沒有話跟賈環講，看到春燕拿著一個紙包跟芳官講悄悄話，就問芳官手裡拿著什麼？

芳官遞給寶玉看，說是搽春癬的薔薇硝。賈環也靠近來瞧，聞到一股清香，就從靴筒裡掏出一張紙來，跟寶玉討，說：「好哥哥，給我一半兒。」

賈環個性愛佔別人小便宜，寶玉剛好大方，什麼東西都可以給別人，愛跟別人分享。寶玉要分給賈環，但是芳官不開心，這是蕊官特別託人帶來送給她的，她當然不想分給他人，特別是賈環，而且還是從鞋子裡掏出的紙。

芳官忙阻止了，說：「別動這個，我另拿些來。」

芳官跑進房裡，打開化妝台的抽屜，翻出放薔薇硝的盒子。但盒子空了，沒有硝粉。芳官疑惑，記得早上化妝時還有，怎麼就空了？芳官問房裡的人薔薇硝哪去了？麝月不耐煩，說這有什麼要緊，隨便包點粉給他，也看不出來。麝月說：「快打發他去了，咱們好吃飯。」

芳官因此包了一包茉莉粉出來，賈環伸手要接，芳官摔在炕上。賈環拿了，揣在懷裡作辭而去。

賈環興沖沖去找他喜愛的丫頭彩雲，彩雲喜歡薔薇硝，常說比外面買的銀硝好，賈環很高興得到一包，跟彩雲說：「送妳擦臉。」

彩雲一看，不是薔薇硝，是茉莉粉，便笑賈環：「她們哄你這鄉巴佬呢。這不是硝，這是茉莉粉。」

賈環是人人討厭的男孩子，但他心裡有一個彩雲，彩雲也真心對賈環好。心裡有關心，怨恨就不會太苛毒；心裡有所愛，也就不會自卑到時時忌恨他人。這一天賈環特別可愛，他聞聞茉莉粉，也是噴香，就跟彩雲說：「這也是好的。」彩雲也收下了。

可是賈環的媽媽趙姨娘在一旁看到，就不舒服了，她罵賈環：「有好的給你！」趙姨娘是《紅樓夢》裡最痛苦的人吧？一個出身卑賤的丫頭，被老爺看上，生了一男一女，自己覺得身分不同了，卻像個棄婦，總是不平，總是不安分，怨天尤人，每天算計著詛咒別人、罵別人，把大好生命都浪費在咒罵仇恨上，變成一個人人嫌厭的笑話。

趙姨娘覺得兒子受了欺負，被唱戲的芳官耍了，便唆使兒子說：「依我，拿了去照臉摔給她去。」

賈環覺得薔薇硝好，茉莉粉也好，沒有計較，心平氣和。趙姨娘卻覺得茉莉粉替換了薔薇硝，是受了騙，受了羞辱，就要大鬧起來。

趙姨娘寫得真好，因為痛苦，作者對她如此悲憫。

二十八

唉！趙姨娘

趙姨娘讓人覺得長相難看，其實歸咎於她性格的缺憾吧。
什麼人都憎恨，心裡一堆怨憤，抱怨天、抱怨地，
仇恨每一個比她過得好的人，總是想方設法要算計毒害他人，
但她又不夠聰明，常常害不到別人，卻給自己惹一堆麻煩。

《紅樓夢》多讀幾回，會發現趙姨娘是作者費心寫的一個人物。費心，或許不只是文學技巧上的經營，更多是對這一個人物的關心與悲憫吧。作者對自己書寫的角色，若沒有同情，沒有關心，大多很難深入寫好一個人物。

趙姨娘是個丫頭，他的哥哥趙國基是門房，趙家世代在賈府做奴僕，是極沒有身分地位的「家生子」。

丫頭被老爺賈政看上了，納為妾，生了一女一男，丫頭成為姨娘。一般《紅樓夢》改編的影視戲劇不容易看到趙姨娘，繪本插圖裡也難找到趙姨娘。讀《紅樓夢》，很容易覺得趙姨娘長相醜陋，尖刻鄙俗，上不了檯盤。但是丫頭這麼多，會被老爺看上，應該略有姿色（除非賈政品味太差）。

趙姨娘讓人覺得長相難看，其實歸咎於她性格的缺憾吧。小說一開始，就覺得這三十出頭的女人，總是氣鼓鼓的，總是忿忿的。什麼人都憎恨，心裡一堆怨憤，抱怨天、抱怨地，仇恨每一個比她過得好的人，總是想方設法要算計毒害他人，但她又不夠聰明，常常害不到別人，卻給自己惹一堆麻煩。

《紅樓夢》作者細心描寫趙姨娘，描寫她找馬道婆作法施咒，剪了五個青面小鬼，要害死王熙鳳和賈寶玉；描寫她的親生女兒探春掌權管家，她就大剌剌地跑到議事廳，當眾要女兒「拉扯拉扯」她，給她一點「好處」。

趙姨娘讓親生女兒探春難堪，趙姨娘讓所有的人難堪。讀《紅樓夢》，大概沒有一個人會喜歡趙姨娘。

常常聽到《紅樓夢》讀者說喜歡書中某人，如林黛玉、薛寶釵、探春、襲人、晴雯；或者，也常常聽人背地裡說某人像妙玉潔癖，像王熙鳳厲害。但到目前為止，沒有聽說過某人像趙姨娘，當然更不會有人說自己就像趙姨娘。

現實生活裡，唉，其實趙姨娘很多。不快樂的人這麼多；覺得上天虧待自己的人這麼多；看到別人的好，憤憤不平的人這麼多；看到別人不好，幸災樂禍的人這麼多；每天想方設法，算計別人的人這麼多；瞪別人兩眼，罵別人兩句，踩別人兩下子也覺得爽快的人這麼多；有機會得意一下，就失了分寸的人這麼多；稍一失意，就嚎叫怨怒的人這麼多；唯恐天下不亂，興風作浪的人這麼多。

但是，沒有人覺得自己就是趙姨娘，不會覺得自己身上也有那麼一丁點趙姨娘「鄙劣」的部分。

這使我冷靜下來思考，《紅樓夢》的作者為何如此費心書寫趙姨娘？文學書寫一個人物，究竟意義何在？

講到趙姨娘，許多評論都舉出第五十五回〈辱親女愚妾爭閒氣〉，她侮辱親生女兒探春那一段。

這個「愚妾」，在第六十回裡，又挑唆親生兒子賈環去怡紅院大鬧一場。

我們來看看這個「愚妾」的心思。

賈環跟芳官要薔薇硝，芳官一時找不到，就用茉莉粉取代。賈環興沖沖把粉給愛人彩雲，彩雲發現不是薔薇硝，就笑賈環土，把茉莉粉認作硝。賈環覺得茉莉粉也很好，也是噴噴香。原來可以無事的，偏偏趙姨娘在旁邊，覺得芳官欺人太甚，誆騙賈環，就要賈環去「照臉摔給她」。賈環不肯去鬧，彩雲在一旁也說：「這又何苦生事？」（這像今天台灣，可以無事的，硬要生出事端。）

挑撥不成，趙姨娘不甘心，就自己去理論。路上正好碰見剛跟藕官鬧過的夏婆子，夏婆子一鼓動，只管搧風點火，趙姨娘更覺理直氣壯，像要爆破的炸彈，一路衝到怡紅院。

芳官正在吃飯，趙姨娘二話不說，把茉莉粉往芳官臉上撒去，破口大罵：「小淫婦！妳是我家銀子錢買來學戲的，不過娼婦粉頭之流，我家裡下三等奴才也比妳高貴些！」

趙姨娘和大部分婆子一樣，罵人時先用「淫婦」、「娼婦」字眼，趙姨娘自己是下三等奴才，她罵芳官比「下三等奴才」還低賤，藉此把自己身分提高。

趙姨娘的憤恨當然不是因為薔薇硝，甚至也不是因為兒子賈環受了氣，趙姨娘可能自己也搞不清楚為何總是一肚子氣。她大鬧之前說：「撞喪的撞喪去了，挺床的挺床。」所以要趁此機會大鬧。「撞喪」是說賈母、王夫人為老太妃逝世去守國喪，「挺床」是說王熙鳳臥病在床，不能管事。

趙姨娘的語言刻薄，因為心裡的恨，她一出口都是怨毒詛咒。然而，唉，何止趙姨娘如此？

芳官被趙姨娘兜頭撒了一堆粉，「淫婦」「娼婦」亂罵。十幾歲的少女，在舞台上一向嬌滴滴，受不了侮辱，一面哭，一面回嘴，舞台上學的口舌伶俐也都用上了。

芳官說：「梅香拜把子，都是奴才罷咧。」梅香是戲裡的丫頭，梅香要結拜姊妹，當然也都是丫頭。趙姨娘自卑出身，硬要提升自己為「主子」，但她侮辱芳官，芳官也就不客氣戳破她的身分：都是奴才罷了！

這句話把趙姨娘惹惱了，上前去就是兩個耳光。芳官被打，撞頭打滾，哭鬧起來，說了更難聽的話：「妳打得起我麼？妳照照那模樣兒再動手。」

此時趙姨娘或許真的模樣難看吧，仇恨、忌妒、怨毒，一肚子忿戾之氣，大概很難好看吧。

「忿」總是分心，「戾」就像門口對人吠叫的狗。唉，趙姨娘，不知如何會墮入此等田地。

趙姨娘這一次吃了苦頭，她沒有料到戲班子女孩兒像一個幫會，芳官受欺負的消息傳開，一呼百應。湘雲的大花面葵官，寶琴的荳官，找到藕官、蕊官，即刻趕了來助陣。

這些「官」們是從小練過功夫的，蕊官、藕官一邊一個，抱住趙姨娘左右手；葵官、荳官前後頭頂住，只說：「妳打死我們四個才算！」芳官直挺挺躺在地下，哭得死過去。

這畫面像鬧劇，叫人發笑。笑過之後，讀者容易忘了卑微可憐的趙姨娘。

二十九

玫瑰露、茯苓霜

小小的瑣事，大觀園裡人事糾紛，也都日復一日結了怨恨。
夏婆子、趙姨娘、小嬋，是一幫，芳官、柳嫂子、柳五兒，是另一幫。
芳官跟寶玉要了玫瑰露送去給五兒吃，柳嫂子揣了茯苓霜回大觀園，
這幾件珍貴物品，串連了驚人複雜的賈府人事糾葛。

趙姨娘和幾個戲班的女孩兒大打出手之後，還是代理管事的探春出面才平服下去。趙姨娘是探春的親生母親，自己母親如此不堪，一再鬧事，李紈、平兒，還有幾個有權說話的管事者，礙於探春臉面，都不方便斥責，只好探春自己去安撫。

才十幾歲，管了幾個月家事，做了一些改革，探春也老練了，很圓熟地跟母親說：「我正有一句話，要請姨娘商議。」只一句話，讓灰頭土臉、氣急敗壞的趙姨娘有了台階下，探春藉機就把母親帶走，解除了大家的尷尬。

整個賈府，賈母、王夫人因為老太妃去世，奔赴國喪，王熙鳳又臥病在床，一時沒有了有分量的管事者。下面的差役僕人於是伺機蠢蠢欲動，賭博、喝酒，疏忽職守，巡夜也都不嚴謹。李紈是好好先生，約束不了底下的人。探春畢竟年幼，初擔大任，無論再能幹，也難周全。

無論企業、政府，或是像賈府這樣人口繁雜的大家族，一旦管理不當，第一個出現的難題，往往就是人事派系糾葛。

西方法治社會強調法律的客觀性，對事不對人。而傳統華人社會，人際關係盤根錯節，人與人一見面就問是否「同宗」或「同鄉」，努力攀關係，看是「同黨」或「異類」。賈雨村就是攀緣上了「賈府」這一同宗關係，從此平步青雲，官場順遂。

中國律法上長期有「連坐」、「滅九族」的傳統，派系鬥爭株連廣大，往往殘酷到令人寒毛豎立。

《紅樓夢》第六十回講玫瑰露，講茯苓霜，其實是在串連賈府眾多人口中的派系關係。

玫瑰露是賈寶玉的保養品，第三十三回寶玉捱打，母親王夫人就拿了兩瓶三寸大小瓶子裝的香露給襲人。瓶子上面都有鵝黃箋子，一瓶寫著「木樨清露」，一瓶就是「玫瑰清露」。木樨是桂花，和玫瑰都有止血散瘀的功效。小小瓶子裡的玫瑰香露，像今日女性用的昂貴香精。瓶上貼著鵝黃箋子，王夫人特別提醒襲人：「那是進上的。」是皇室的供品，異常珍貴。

到了第六十回，寶玉房裡的芳官和大觀園主廚柳嫂子的女兒五兒要好。五兒，十六歲，雖是廚役女兒，但身體多病，長得極美，父母心疼她，捨不得讓她勞累。知道寶玉這少爺疼愛體恤丫頭，因此柳嫂子千方百計，想法子、找門路要把五兒送進怡紅院當差，常常做些好吃的巴結芳官，希望芳官能牽上線。

芳官也記掛五兒身體，就跟寶玉要了玫瑰露送去給五兒吃。寶玉不覺得玫瑰露珍貴，也不愛喝，就把剩下的玫瑰露連瓶子一起給了芳官。

芳官到了廚房，看到探春房裡的小丫頭小嬋正去拿買的糕。小嬋是夏婆子的外孫女，夏婆子調唆趙姨娘去鬧芳官，被人密報探春，傳到小嬋耳朵裡，自然為外婆擔心，也心裡記恨芳官。

狹路相逢，兩人在廚房相遇，芳官要吃糕，小嬋不給，柳嫂子要討好，連忙蒸了熱糕給芳官。芳官也不吃，故意氣小嬋，把糕掰了丟給鳥雀玩。

小小的瑣事，大觀園裡人事糾紛，也都日復一日結了怨恨。夏婆子、趙姨娘、小嬋，是一幫，芳官、柳嫂子、柳五兒，是另一幫。華人喜歡拉幫結派，個人好像總要扯上幫派才有自信，藉此自大。一有幫有派，就開始鬥爭。

芳官當然也是孩子氣，硬要氣一氣小嬋才爽快，小嬋記恨在心裡，有一天當然也要報復，不一定報在芳官身上，也可能報應在柳五兒身上。這就是華人冤冤相報、永無休止的宿命吧。

廚房裡的人沒看過玫瑰露，像胭脂一樣紅，以為是寶玉喝的西洋葡萄酒。寶玉這少爺，十五歲不到就喝進口紅酒了。

五兒喝了玫瑰露，覺得好，柳嫂子惦記著自己的外甥也得熱病，就倒了半盞，出了大觀園，把玫瑰露趁關園門前送到外甥家。外甥用井水調了玫瑰露，喝了一碗，覺得「頭目清涼」，好像這玫瑰露真有奇效。

柳嫂子跟自己兄弟、外甥歡喜聊天，沒想到就遇見了外甥一幫朋友來探病，其中有一個名叫錢槐的，是趙姨娘的內姪。錢槐父母也是賈家僕人，因為在帳房管帳，油水多，錢槐也可以跟賈環一起在賈府私塾上課讀書。

錢槐喜歡五兒，熱烈追求，柳嫂子夫婦二人都覺得對方有錢，是不錯的親事，但五兒眼界高，執意不肯。拖了一段時間，追不上手，錢槐這年輕人心裡又氣又羞愧，也想趁柳家內姪生病來探望，有機會探聽消息。柳嫂子見了錢槐當然尷尬，就藉故要走。

臨走時她嫂子拿了一包茯苓霜，說是柳哥在門房當差，剛好廣東有官員來拜，送了兩簍上好茯苓霜，一簍就給門口守衛做「門禮」，柳家就分到一些。

地方官要行賄中央大官，首先要買通賈府的守衛門房。柳家的人還教柳嫂子這茯苓霜要調和人乳或牛乳服用，最為滋補。

柳嫂子就揣了茯苓霜回大觀園，卻在門口被一個守門的小子戲弄了。

柳嫂子要進園子，守園門的年輕小子調皮，不肯開門，隔著門跟柳嫂子廝纏，問幹嘛去了。柳嫂子火了，說是去找野老（野男人），又笑守門小子：「你豈不多得一個叔叔。」

這小子還不開門，要柳嫂子摘幾個杏子給他吃，不然以後都不為她開門，隨她乾叫。

第六十一回這廚娘跟守門小廝的一對一答極可愛，語言生動活潑。《紅樓夢》作者絕不像一般人誤解地那麼拿「貴族」架子，他對小人物的觀察、關心，他對庶民百姓小小的頑皮胡鬧，都有貼心的理解。守門小子可愛，柳嫂子也可愛。

但是玫瑰露和茯苓霜，都要惹出大禍來。作者從這幾件珍貴物品，串連了驚人複雜的賈府人事糾葛。

三十

柳五兒

五兒利用芳官要進怡紅院的事，人盡皆知，
那些準備要送女兒後補缺額的管家、婆子們，自然也都在暗地裡等著
找柳嫂子跟五兒的碴。尋到一點蛛絲馬跡，就不會放她們好過。

柳五兒是大觀園廚娘柳嫂子的女兒，長得很美，但身體不好。父母為她擔心，想為她找一個將來的依靠。正好帳房的兒子錢槐喜歡五兒，帳房管錢，油水多，五兒父母覺得這是一門好親事，嫁到錢家，可以不愁吃穿。但是五兒眼界高，看不上錢槐，親事沒有成功，五兒的父母見到錢家的人也覺得尷尬。

親事無著落，柳嫂子只好另外替女兒安排出路，想辦法到賈寶玉的怡紅院去當差做丫頭。人人都知道，寶玉這少爺對身邊的丫頭好，不打不罵，像對待自己親姊妹一樣。怡紅院的丫頭身分高，事情少，不勞累，又被主人善待，大家都盼著，能把女兒送到怡紅院當差。

怡紅院的大丫頭有襲人、晴雯、麝月、碧痕、秋紋，有兩個丫頭的缺額未補。一個是小紅，被王熙鳳要了去；一個是小墜子，因為偷平兒金鐲子，東窗事發，被攆了出去。這兩個缺額，許多人虎視眈眈，管家、老婆子都拚命想把自己家的女孩兒送進怡紅院。他們不斷送禮物，想打動王熙鳳、平兒，謀到這兩個差事。

柳嫂子要送五兒進怡紅院，也必須有她的門路，找人牽線。剛好戲班解散，唱戲的芳官被分到怡紅院當差。芳官跟五兒要好，柳嫂子過去也很照顧戲班的女孩兒。有這層交情，柳家就拜託芳官做內線，常常在寶玉面前提一提五兒，說五兒的好處，讓寶玉有印象。等時機成熟，寶玉一句話，五兒差事就可以成功了。

柳家五兒走芳官這一條線，人人都知道。連柳嫂子進大觀園的門，守門小斷也跟柳嫂子說：「單是你們有內牽，難道我們就沒有內牽不成？」他也提醒柳嫂子，五兒就是進了怡紅院，進進出出，用得著守門小廝的地方也還很多。

守門小廝地位卑微，但要整人，光你著急時不開門，就吃不消。《紅樓夢》常常在講華人社會裡複雜而不得不時時謹慎的人際關係。

芳官有戲班出來的傲氣，做了丫頭，也還是倔強。心性高傲的她，跟她的乾媽為了洗頭一事，鬧得不可開交。幾個戲班女孩兒，也跟趙姨娘大打出手，唆使趙姨娘的夏婆子、夏婆子的外孫女小蟬，因此也都跟芳官成了冤家。

趙姨娘、夏婆子、小蟬、錢槐、守門小廝，都可能連成一氣，隨時要報復。報復的對象就不只芳官，也包含了芳官的好友五兒。

五兒利用芳官要進怡紅院的事，人盡皆知，那些準備要送女兒後補缺額的管家、婆子們，自然也都在暗地裡等著找柳嫂子跟五兒的碴。尋到一點蛛絲馬跡，就不會放她們好過。

五兒果真要遭殃了。

芳官跟寶玉要了半瓶玫瑰露，帶到廚房給五兒滋補身體。柳嫂子覺得這玫瑰露珍貴，倒了半盞，帶出大觀園，給生熱病的內姪喝。碰到內姪的朋友錢槐在場。內姪的母親又拿了廣東官員送禮、賄賂門房的一包茯苓霜給柳嫂子。柳嫂子帶著茯苓霜回園子，跟守門小廝鬥嘴，戲弄一陣子。柳嫂子回到廚房，擱下茯苓霜，就忙著替各房各院分配菜饌。

熟悉大觀園文化的人，大概都能感覺到：這玫瑰露、茯苓霜要出大事情了。一旁伺機而動的另一幫人馬，抓到把柄，要布下天羅地網了。

《紅樓夢》的作者懂得推理，也懂懸疑。讀者越緊張，他越不著急。危機已經四伏，柳嫂子彷彿沒有察覺，在廚房裡忙東忙西，還火上加油，得罪了迎春房裡的丫頭司棋和蓮花。

賈府的大丫頭很有身分，像司棋，她侍候二小姐迎春，可是也有小丫頭蓮花侍候她。司棋派蓮花到廚房傳話說：「要碗雞蛋，燉得嫩嫩的。」

柳嫂子回說今年雞蛋短缺，又貴，又買不到，要蓮花回報司棋改天再吃。

看起來是一樁小事，可是蓮花發嗔了：「前兒要吃豆腐，妳弄了些餿的，叫她說了我一頓。今兒要雞蛋又沒有了。」

柳嫂子的敵人看來還要加上司棋和蓮花。

蓮花生氣地說：「我就不信連雞蛋都沒有了，別叫我翻出來。」

蓮花動手翻，果真在菜箱裡翻出十來個雞蛋。蓮花更生氣，就講了難聽的話：「妳為什麼心疼？又不是妳下的蛋，怕人吃了。」

丫頭們如此口齒伶俐，得理不饒人，當然不會知道，生命後面還有何等的難堪等著自己吧。

柳嫂子為自己辯白，光侍候小姐少爺，一天三餐，加宵夜、點心，已經忙不過來。每個主人房裡都有十來個丫頭、婆子，每個人一會兒要吃這個，一會兒要吃那個，廚房連正餐都不要做了。

柳嫂子透露了做廚房的難處，一個月三十天，把菜譜寫在水牌上，轉著吃，餐餐不重複。她特別舉例，探春和薛寶釵有次要吃油鹽炒枸杞芽，自己掏了五百錢給廚房。柳嫂子說：「這就是明白體下的姑娘，我們心裡只替她唸佛。」

柳嫂子可能不知道，說了一大堆主廚難為的話，蓮花回去後，全部被加油添醬，翻譯成讓司棋生氣的話。司棋果然帶了人到廚房，二話不說，命令小丫頭動手，亂翻亂摔，把廚房的菜丟出去餵狗。司棋說：「大家賺不成！」

柳嫂子和廚房眾婆子賠不是，把司棋哄走，趕忙蒸了雞蛋送去。司棋沒吃，全潑在地上。

柳嫂子一肚子氣，餵五兒喝湯，吃了半碗粥，告訴她得到茯苓霜。五兒要回報芳官送玫瑰露，就包了伏苓霜，趁黃昏時分，「花遮柳隱」，躲過巡查盤問，來到怡紅院。

怡紅院前，迎面就來了大管家林之孝家的，旁邊還有柳家的仇敵小蟬、蓮花。小蟬說王夫人房裡遺失了一瓶玫瑰露，蓮花即刻接口說，她在廚房看到瓶子。林之孝家的率眾人搜廚房，不只搜出玫瑰露，也搜出茯苓霜，人贓俱獲，柳嫂子、五兒都是罪犯。

五兒被林之孝家的逮到，旁邊小蟬、蓮花都在，當然不會是偶然。

玫瑰露、茯苓霜，是小東西小事件，但多事的人可以拿來大作文章，鬧得天下不安。智慧，是大事化小，小事化無。小事擴大，自然就是愚蠢。然而愚蠢人多，愚蠢人有影響力，社會擾攘混亂，就是眾生的共業吧。

三十一

秦顯家的

玫瑰露、茯苓霜，都是小事，
《紅樓夢》作者卻藉這兩樣東西，勾畫了華人社會的政治學臉譜。
這秦顯家的，興頭了不到半天，丟了差事，賠了禮物，
她也是大觀園政治鬥爭的犧牲品吧。

大觀園主廚柳嫂子跟女兒五兒，都因為玫瑰露、茯苓霜事件，被管家林之孝家的抓了起來。五兒一一照實招供，說玫瑰露是怡紅院芳官送的，茯苓霜是做門房守衛的舅舅得到的禮物，給柳嫂子帶回來的。

這樣一個人口眾多的賈府，上上下下，事情如此繁雜，奴僕犯了法，都有一定的案例參考，可依法處置，主人未必會細問詳查。

王熙鳳正在生病，大管家林之孝的老婆連忙去稟告代理人李紈、探春。李紈兒子賈蘭生病，探春入寢，都不接見。林之孝老婆又去見王熙鳳，鳳姐也剛服藥，正要入寢，沒心思細問，就下令說：「將她娘打四十板子，攆出去，永不許進二門。把五兒打四十板子，立刻交給莊子上，或賣或配人。」

林之孝家的這麼急著處理這件事，當然有她的心思，希望快刀斬亂麻，趕緊除掉柳家母女，安排自己的人事。

五兒如花似玉，身體嬌弱，她連帳房兒子錢槐都看不上眼，如果發配到農莊，賣人為奴，或隨便配個小廝，王熙鳳這樣處置，五兒是一定活不成了。

幸好執行命令的平兒明白，她看五兒人品情狀，聽五兒實話實說，知道案情有蹊蹺，就暫時擱下執行，把五兒先交給上夜值班的人看守，等次日天明再報告王熙鳳處理。

五兒一夜啼哭，上夜的人都抱怨：「弄個賊來給我們看，倘或眼不見，尋了死，或逃走了，都是我們的不是。」許多人當面奚落五兒，說不該偷竊，冷嘲熱諷。華人社會不需要法律，一人說一句風涼話，就可以把一個人說死了。可以想像，這一夜五兒的難熬。

次日一大早，就有許多人開始送禮，跟平兒說柳家的不好，企圖趕快除掉柳家，希望謀得主廚這份有油水的差事。

一樁竊盜公案還沒有釐清，大管家林之孝的老婆已經派了自己人——一個叫秦顯的老婆，去接替了主廚的工作。

如此急忙安排人事，對於是非黑白，其實沒有興趣弄清楚，只是努力於鬥爭吧。林之孝家的不問青紅皂白，如此急於安插自己的人接掌主廚，這是三百年前的舊事，但在今天華人社會，這現象似乎也還不難見到。

秦顯家的接管廚房，這小小一段，寫得生動活潑，華人社會的人際關係描繪得一清二楚，令人啼笑皆非。

秦顯老婆的故事在第六十二回一開始，作者也只寫了不到半頁，一個小人物活生生就在眼前了。

秦顯老婆一到廚房，接收了廚具傢伙、米糧、煤炭等物，立刻開始查帳，查出許多前任主廚柳嫂子的「虧空」——「粳米短了兩石，常用米又多支了一個月的，炭也欠著額數。」事情還沒開始做，先算舊帳，必要讓前任主廚不得翻身。

最有趣的是，算完舊帳之後，秦顯老婆就開始「打點送林之孝家的禮」。她太清楚，能得到這樣好的差事，是因為林之孝老婆的安排。這個大管家的情面不料理好，吃不完兜著走。秦顯老婆賄賂林之孝家的帳單是——「一簍炭，五百斤木柴，一擔粳米。」這些禮物，沒有經過廚房，是在外邊派子姪輩送進林之孝家的。

送完林之孝家的禮之後，第二件事，必須要安排送帳房的禮物。帳房管收支，銀錢來往都要過這一關。細心的讀者一定記得，這帳房的兒子就是錢槐，追求柳五兒失敗，也在柳家內姪家裡看到柳嫂子帶來了玫瑰露，又帶走了茯苓霜。

華人的派系鬥爭像天羅地網，常常稍一粗心，就忽略了身邊都是眼線。

秦顯老婆一送林之孝家的禮，二送帳房的禮，第三就準備菜餚宴請同事。她宴客時說的話，我們也不陌生：「我來了，全仗列位扶持。」

秦顯老婆開門三件事，都是人際關係，沒有一件跟她廚房的專業有關。

秦顯老婆剛做完三件事，平兒就把事情調查清楚了，是王夫人房裡的丫頭彩雲跟賈環要好，偷拿了一瓶玫瑰露，這瓶玫瑰露就在賈環母親趙姨娘房裡。

事情查明，牽連到彩雲、賈環、趙姨娘，當然，也牽連到趙姨娘出淤泥不染的女兒探春。賈寶玉心疼這個傑出的妹妹，不要她又受傷，就出面說玫瑰露是他拿了，把贓證攬在自己身上，掩蓋了一件偷雞摸狗的事，也救了被囚禁一夜、差點沒命的柳家母女二人。

平兒宣布結果，柳家嫂子無罪，繼續做主廚，廚房還交回給她管。秦顯家的送了兩家的重禮，又置辦菜餚宴請同事，半天工夫，花費不少，什麼事情還沒做，已經又丟了差事，她一聽結果，「轟去魂魄」。

「魂魄」來到人間，如果只為了應付敷衍人際關係，此時「轟去」，讓人覺得可悲，也讓人覺得可笑。

第六十一回結尾，寫平兒調查清楚後，林之孝家的還蒙在鼓裡，她押解著柳家母女，正要等候命令發落。她也同時稟告平兒說，廚房已經派了「秦顯家的」去上任了。平兒有趣，回答說：「秦顯的女人是誰？我不大相熟。」

林之孝家的趕緊說了一堆秦顯老婆的好話：「大大的眼睛，最乾淨爽利的。」

這時發現玫瑰露失竊的丫頭玉釧說話了：「姐姐妳怎麼忘了？她是跟二姑娘的司棋的嬸娘。」

司棋曾經為了吃蒸雞蛋，跟柳家主廚大鬧一場，新任主廚竟然又是她的嬸嬸。《紅樓夢》人事派系的天羅地網，有時讓人不寒而慄。

玫瑰露、茯苓霜，都是小事，《紅樓夢》作者卻藉這兩樣東西，勾畫了華人社會的政治學臉譜。這秦顯家的，興頭了不到半天，丟了差事，賠了禮物，她也是大觀園政治鬥爭的犧牲品吧。

我總記得她說的話：「全仗列位扶持。」這個民族，能夠不搞人際關係，多一點獨立自我的自信嗎？

結語

雪

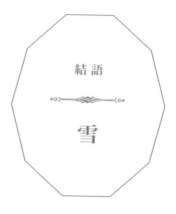

《紅樓夢》寫到第四十九回，庇護青春的大觀園熱鬧了起來。薛家來了薛蝌帶著妹妹薛寶琴，李紈的寡嬸帶了兩個女兒李紋、李綺，邢夫人的兄嫂帶著女兒邢岫煙，都到了賈府。

賈母特別疼愛薛寶琴，就讓寶琴跟她住。李紋、李綺跟李紈住稻香村，邢岫煙跟迎春住紫菱洲。大觀園一下子多了幾個精采的少女，都是十五、十六歲上下，都知書達禮，在一起寫詩玩樂，過了一個美好的冬天，是《紅樓夢》作者記憶裡繁華的巔峰。

這一個冬天，像是作者回憶中最後一個美好的冬天。許多生命依靠在一起，彼此溫暖。準備過年，賞雪，除夕，家宴，祭祖，元宵，猜燈謎，許許多多那一個冬天的細節，作者不厭其詳地敘述，像是要讓每一個畫面停格。因為那是記憶裡最後一個冬天，最後一次青春的繁華記憶，作者停在回憶中，不想長大。

雪花漫天飛舞，像喬伊斯在《都柏林人》〈逝者〉寫到的最後的雪，讓一切繁華寂靜的雪。

我喜歡第四十九回，下了雪，大家都穿上了雪衣雪鞋，作者用極細的筆法記下了每一個人的服裝，包括色彩、質料、樣式，彷彿他害怕繁華瞬間就要在雪中融化。白雪映襯，衣飾色彩繽紛華麗，然而，色彩如雪在夕陽中迴光返照，都要褪淡寂靜了。

文學是在那褪淡的光裡回頭的一瞥嗎？那最後的一瞥裡，閃過的色彩如此鮮豔奪目。

薛寶琴穿了賈母給她的皮裘雪衣，「金翠輝煌」，香菱沒見過，說是「孔雀毛織的」。湘雲笑她土，告訴她是「野鴨子頭上的毛」織的。湘雲豪邁頑皮，她討厭文人造作，故意不用正經「梟鸖裘」文謅謅的三個字，就說是「野鴨子頭上的毛」，令人會意一笑。

再看看第二個出場的林黛玉的雪衣——「黛玉換上掐金挖雲紅香羊皮小靴，罩了一件大紅羽紗面白狐皮裡的鶴氅，束一條青金閃綠雙環四合如意縧，頭上罩了雪帽。」

《紅樓夢》很少對黛玉服裝的描寫，黛玉的存在更像是一種精神，「嬌喘微微，淚光點點」，她像一縷魂魄，不是具體物質的存在。

然而下雪了，黛玉穿上雪衣，戴上雪帽，連紅色小羊皮靴子「掐金挖雲」的鑲邊裝飾都描寫到了。一件雪氅披風，外面是大紅羽紗光滑的面子，可以防雪，裡面襯白狐狸皮，可以保暖。腰帶是「青金閃綠」的「雙環四合如意縧」。

「青金閃綠」，讓人想起黛玉住的瀟湘館風裡搖動的竹子。

每讀到這一段，有許多衣服飾品的細節，閱讀的速度就會慢下來。太快的書寫，跟太溜而油滑的語言一樣，因為沒有具體細節可以咀嚼停留，像無味的食物，都常常讓人無法記憶回味。

《紅樓夢》寫到第四十九回，細節如此多，看來與情節無關，卻是使人忘不掉的畫面。作者像是在回憶自己生命中許許多多有關那一個冬天的生命停格。

李紈守寡，在許多大紅的青春少女中，她只是一件「青哆羅呢對襟褂子」。毛呢料子，色彩與樣式都如此素淨，雖然也不過二十歲上下，她是已經被剝奪了「青春」資格的女性。

薛寶釵是「蓮青斗紋錦上添花洋線番羓絲的鶴氅」，這是外地舶來的洋貨名牌，蓮青的湖綠雅淡襯著「錦上添花」的織錦，的確華麗富貴。

在一群「大紅猩猩氈」和「羽毛緞」的雪衣中，作者記得一個孤獨的身影，沒有雪衣穿，一件家常舊氈披風，寒涼單薄，那是邢岫煙。

邢岫煙的姑媽邢夫人平庸慳吝，不懂得疼愛晚輩，邢岫煙住在迎春處，迎春也是個「二木頭」，對人也沒有關心。邢岫煙自愛自重，不願意麻煩他人。賈府傭人多，也多勢利之徒，主人賞錢少，傭人便指桑罵槐，也多口舌。邢岫煙不想惹人是非，甚至把冬衣拿去當了，換錢打發那些給她臉色看的奴僕。

繁華富貴中有許多人看不到、或者不願意看到的孤獨寒涼，作者都看見了。花團錦簇的繁華裡，因為下雪，作者總惦記著邢岫煙單薄的身影。

一個接一個服裝的描述，像是過眼的繁華，也再一次看到每一個人獨特的個性、遭遇，或生命的狀態。

史湘雲有男子氣的豁達爽朗，她愛打扮成男裝。這一天她外面罩著「貂鼠大褂子」，是貂鼠頭上和臉頰部位最柔軟的皮毛縫製。頭上戴「挖雲鵝黃片金裡大紅猩氈」的昭君套。昭君套是風帽，傳統戲曲裡昭君出塞時穿的禦寒服裝。她身上的顏色是「深黑」和「大紅」對比，參雜著「鵝黃」「片金」的雲紋。

林黛玉嘲笑史湘雲是「小騷韃子」，她就脱去外面的褂子，露出「秋香色盤金五彩繡龍窄褙小袖掩襟銀鼠短襖」，腳下一雙「麀皮小靴」，讓人想起傳統舞台上窄袖子、緊身、短打扮相的武生，或者馬上馳騁的英豪，帥氣而俐落。大夥兒讚她打扮成男性，「原比她打扮女兒更俏麗了些」。

他們身上都準備了踏雪的衣帽靴子，約好第二天要到「蘆雪庵」擁爐作詩。

會有雪嗎？青春的記憶裡有一場漫天飛舞的雪，如此潔淨，如此輕盈。在酷寒的冬天，不同際遇的生命相遇了。如此偶然，也像偶然踏在雪泥上留下的足印，沒有人會刻意回頭留戀。

然而作者彷彿從時光裡走出來，看著地上的足跡，雪融泥濘，都無繁華蹤跡。他一夜無眠，起了一個大早，記掛著「雪」，趕快掀起帳子看，「窗上光輝奪目」。他心中猶疑，拉開窗戶，發現真的是雪，一夜大雪，一尺多厚，天空仍是雪片紛飛。

如果真是作者的記憶，那天踏雪而行，他（賈寶玉）穿的是茄紫色的呢襖，頭上戴笠帽，身上披簑衣，腳下踏了一雙木屐。

蘆雪庵．即景聯句

一夜北風緊，（鳳姐）
開門雪尚飄。入泥憐潔白，（李紈）
匝地惜瓊瑤。有意榮枯草，（香菱）
無心飾萎苕。價高村釀熟，（探春）
年稔府粱饒。葭動灰飛管，（李綺）
陽回斗轉杓。寒山已失翠，（李紋）
凍浦不聞潮。易掛疏枝柳，（岫煙）
難堆破葉蕉。麝煤融寶鼎，（湘雲）
綺袖籠金貂。光奪窗前鏡，（寶琴）
香粘壁上椒。斜風仍故故，（黛玉）
清夢轉聊聊。何處梅花笛，（寶玉）
誰家碧玉簫？（寶釵）
……

附錄　本書所寫人物關係簡表

薛府

- 薛姨媽
  - 薛　蟠
    - （妾）香菱，即英蓮
      - （香菱之父）甄士隱
    - （堂弟）薛蝌
    - （堂妹）薛寶琴（丫頭）荳官
  - 薛寶釵（丫頭）鶯兒、蕊官

王府

- 王子騰（姪女）王熙鳳（賈璉之妻）
- 王夫人（寶玉母親）
- 薛姨媽（薛王氏，寶釵母親）

史府

- 賈母史太君（姪孫女）史湘雲
  - （丫頭）葵官
  - （丫頭）鴛鴦、文官

劉姥姥（外孫）板兒

賈府僕役

- （管家）林之孝、吳心登
- （主廚）柳嫂子（女）柳五兒
  - （暗戀者）錢槐
- （莊頭）烏進孝

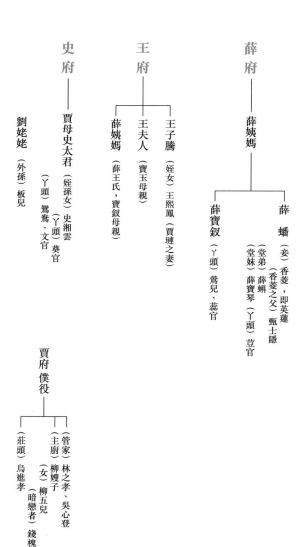

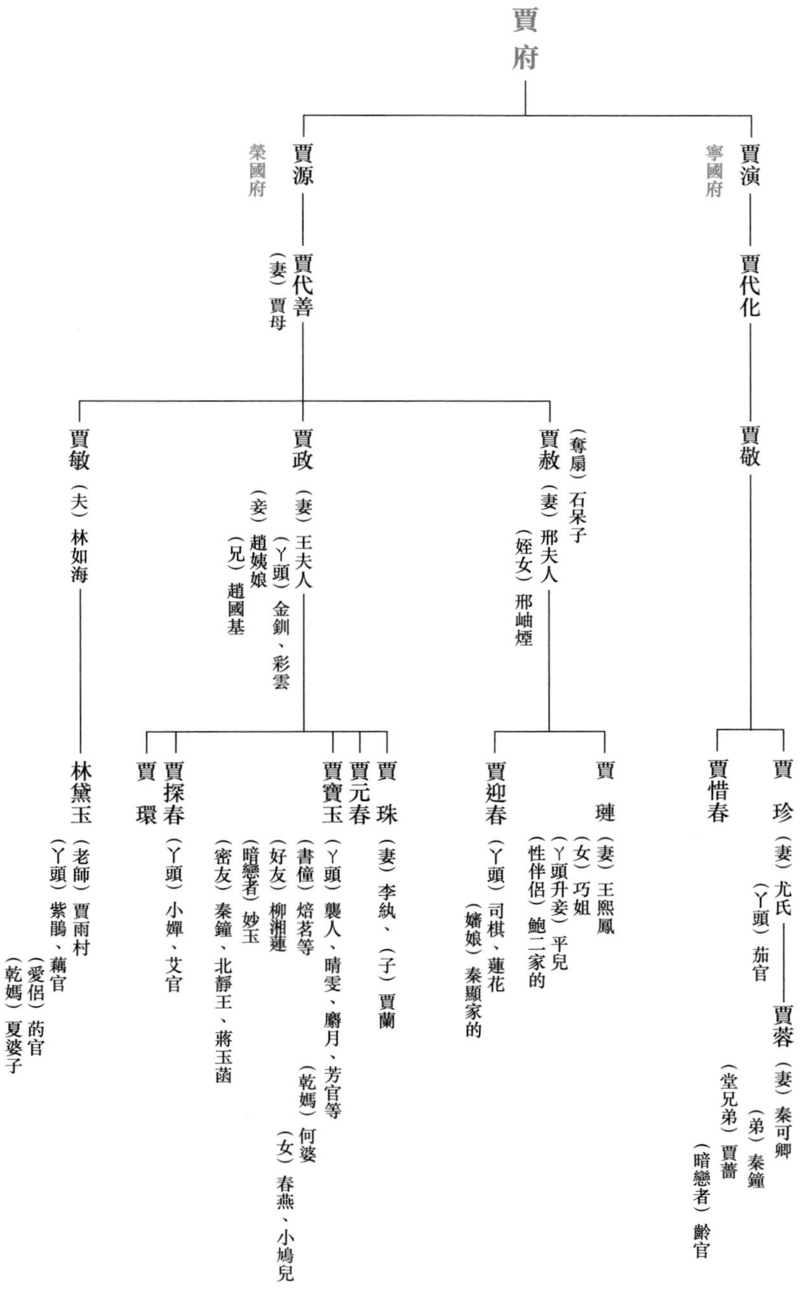
賈府
榮國府
賈源
寧國府
賈演
賈代善
（妻）賈母
賈代化
賈敏
（夫）林如海
賈政
（妻）王夫人
（丫頭）金釧、彩雲
（妾）趙姨娘
（兄）趙國基
賈赦
（奪扇）石呆子
（妻）邢夫人
（姪女）邢岫煙
賈敬
林黛玉
（老師）賈雨村
（丫頭）紫鵑、藕官
（愛侶）葯官
（乾媽）夏婆子
賈環
賈探春
（丫頭）小嬋、艾官
賈寶玉
（丫頭）襲人、晴雯、麝月、芳官等
（書僮）焙茗等
（乾媽）何婆
（女）春燕、小鳩兒
（好友）柳湘蓮
（暗戀者）妙玉
（密友）秦鐘、北靜王、蔣玉菡
賈元春
賈珠
（妻）李紈、（子）賈蘭
賈迎春
（丫頭）司棋、蓮花
（嬸娘）秦顯家的
賈璉
（妻）王熙鳳
（女）巧姐
（丫頭升妾）平兒
（性伴侶）鮑二家的
賈惜春
賈珍
（妻）尤氏
（丫頭）茄官
賈蓉
（妻）秦可卿
（弟）秦鐘
（堂兄弟）賈薔
（暗戀者）齡官

國家圖書館出版品預行編目資料

微塵眾：紅樓夢小人物 II／蔣勳作. --初版. --臺北市：遠流, 2014.06
面； 公分. --（綠蠹魚叢書；YLK67）
ISBN 978-957-32-7437-7（平裝）
1.紅學 2.人物志 3.研究考訂
857.49 103009704

綠蠹魚叢書 YLK67
夢紅樓系列

微塵眾 紅樓夢小人物 II

作者 蔣勳
出版四部總編輯暨總監 曾文娟
資深主編 鄭祥琳
助理編輯 江雯婷
企劃 王紀友
美術設計 林秦華
圖片出處 清光緒本《紅樓夢圖詠》頁28、40、52、64、70、82、88、94、106、112、136、154、178、202
清光緒本《增評補像全圖金玉緣》頁34、46、58、76、118、124、142、148、221
民國本《全圖增評金玉緣》頁100
清光緒本《繡像紅樓夢》頁130
民國本《增評加注全圖紅樓夢》頁160
清光緒本《增刻紅樓夢圖詠》頁166、172
清光緒本《增評補圖石頭記》頁184、190、196
民國本《紅樓夢寫真》頁208

發行人 王榮文
出版發行 遠流出版事業股份有限公司
地址 臺北市南昌路二段81號6樓
電話 （02）2392-6899 傳真：（02）2392-6658
郵撥 0189456-1

著作權顧問 蕭雄淋律師
2014年 6 月 1 日 初版一刷
2021年 3 月15日 初版七刷
定價：新台幣300元（缺頁或破損的書．請寄回更換）

ISBN 978-957-32-7437-7

ylib 遠流博識網
http://www.ylib.com E-mail: ylib@ylib.com